琼 瑶

作品大合集

雪珂

琼瑶 著

作家出版社

琼瑶,本名陈喆,作家、编剧、作词人、影视制作人。原籍湖南衡阳,1938年生于四川成都,1949年随父母由大陆赴台生活。16岁时以笔名心如发表小说《云影》,25岁时出版首部长篇小说《窗外》。多年来笔耕不辍,代表作包括《烟雨蒙蒙》《几度夕阳红》《彩云飞》《海鸥飞处》《心有千千结》《一帘幽梦》《在水一方》《我是一片云》《庭院深深》等。

多部作品先后改编成为电影及电视剧,琼瑶也因此步入影视产业。《六个梦》系列、《梅花三弄》系列、《还珠格格》系列等,影响至深,成为几代读者与观众共同的记忆。

琼瑶以流畅优美的文笔,编织了众多曲折动人的故事。其作品以对于梦的憧憬和爱的执着,与大众流行文化紧密结合,风靡半个多世纪,成为华文世界中极重要的文学经典。

我為愛而生，我為愛而寫
文字裡度過多少春夏秋冬
文字裡留下多少青春浪漫
人世間雖然沒有天長地久
故事裡火花燃燒愛也依舊

瓊瑤

第一章

清宣统二年,北京城郊。

草原上是一片厚厚的积雪,风呼喇喇地吹着,大片大片的雪花在空中肆意地飞舞,远山远树,全笼罩在白茫茫的风雪中。

除了风雪,草原是寂寞的,荒凉的。

突然间,两匹瘦马拉着一辆破马车,在车夫高声的吆喝下,呼喇喇地冲进了这片苍茫里。

"快啊!跑啊!嘚儿,嘚儿,赶啊!"车夫嚷着。

车内,雪珂紧偎着亚蒙,两人都穿着蓝色布衣,在颠簸震动中,两人都显得又疲倦又紧张。

"冷吗,雪珂?"亚蒙关怀地低下头来,把棉毡子往上拉,试图盖住微微发抖的雪珂。他紧紧地凝视着她,眼底是无尽的怜惜。"对不起,要你跟着我受这种苦,可是，我们越走远一点，就越安全一点，只要逃到天津，上了船，我们就真正自由了，嗯？"他的手臂，牢牢地箍住了她，声音低沉而充满歉意，"让我用以后所有所有的岁月，来补偿你，报答你对我的这片心！"

雪珂在棉毡下，找着了他的手，握紧，再握紧。

"为什么要这么说呢？"她迎视着他的目光，"为什么要说补偿、报答这种见外的话呢？我们已经是夫妻了，是不是？你是我的丈夫啊！天涯海角，我该跟着你走！"

是的，丈夫。

那天，在卧佛寺旁边的小偏殿里，翡翠把着风，他们两个，没有父母之命，没有媒妁之言，没有迎亲队伍，没有花轿，没有凤冠霞帔，没有爆竹烟火，只有两腔炽热的诚意和生死不渝的爱情！他们双双一跪，先拜天地。

"我——顾亚蒙，今天愿娶雪珂为妻，今生今世，此情永不改，此心永不变，皇天在上，后土在下，天地为证，神明为鉴！"他说。

"我——雪珂，今日愿嫁亚蒙为妻，今生今世，生相随，死相从，皇天在上，后土在下，天地为证，神明为鉴！"她说，故意略掉了那冗长的姓氏。

说完，两人磕下头去，虔诚地拜了天地，再拜佛像，然后，夫妻交拜。拜完，两人眼里，竟都闪着泪光。亚蒙将她的手一握，哑着嗓子说："从今以后，没有什么满人汉人之分，没有什么格格平民之分，只有丈夫和妻子之分了！"

是的，只有丈夫和妻子之分了！这从小就认识，却生活在两个截然不同的世界中的亚蒙和雪珂，终于在彼此的誓言中，完成了他们自认为最神圣的婚礼。

马车忽然停了。雪珂一震，整个人惊跳起来。
"怎么停车了？怎么停车了？"她惊慌地问。
"别慌，别慌！"亚蒙急忙拍抚着她，"到了一个驿站，车夫说牲口受不了，要吃点东西，休息一下。你怎样，要不要下车去走走，活动活动呢？"
"我不要。"她不安地说，隐隐地害怕着。为什么要停车呢？只有不停地飞奔才能逃离危险呀！"我就在车里等着！"
"那么，我去帮你端碗热汤来，好歹吃点东西！"亚蒙不由分说地跳下车子，向那简陋的小木屋走去。

雪珂心中的不安在扩大。掀开车后的棉布帘子，她往外面望去。怎么有一团雪雾夹着灰尘，风卷云涌地向这儿翻滚而来？难道天上的乌云全坠落到地上去了吗？那轰隆隆滚过大地的声音是雷声吗？她定睛细看，心惊胆战。

亚蒙端着碗热汤过来了。
"刚熬出来的小米粥，还有两个窝窝头……"

"亚蒙！"雪珂颤声喊，"快上车！快！"

亚蒙向远方的隆隆声看去，烟尘滚滚中，已看出是一队人马，正迅速如风地卷过来。

"车夫！车夫！"亚蒙放声大叫，手中的小米粥、窝窝头全落了地，"你快出来，我们要赶路了！"

车夫没出来，那队人马却来得像闪电。

雪珂面如白纸，对正上车的亚蒙用力一推。

"亚蒙，快逃！你快逃！我爹他追来了！他不会饶你的！你快躲到山里去！去……去……"

"不成！"亚蒙大嚷，"我们都发过誓，生相从，死相随，我们不能分开！"亚蒙说完，一个飞跃就上了马车的驾驶座，一拉马缰，马鞭挥下，两匹瘦马仰天长嘶了一声，撒开四蹄往前奔去。

车夫闻声奔出，大惊失色地喊着："哎呀！小兄弟！你回来！回来！你怎么抢我的马和马车呀！"

亚蒙顾不得车夫，只是不停地挥鞭，瘦马不情不愿地往前奔着。雪珂在车内紧抓着车杠，一面不住回头张望，那队人马已越来越近，越来越近，越来越近……近得已经看到领先的那一马一骑：颐亲王亲自追来了！他狂挥着马鞭，那匹来自蒙古的黄骠马又高又大，四蹄翻溅着雪花……

"亚蒙！来不及了！亚蒙……"雪珂喊着。

"追啊！"王爷马鞭往前一指，随从一拥而上，"给我把那辆马车拉住！"

车在奔，马在奔，距离越来越近。

终于，四匹快马越过了马车，几个大汉直跃过来，伸手夺过马缰，一切快得像风，像电……

车停了，马停了。

雪珂瞪大了眼睛，重重地喘着气。

唰的一声，马车的帘子被整个儿扯落。

雪珂苍白着脸，抬起头来，看着面前那无比威严又无比愤怒的脸孔，战栗地喊出一声：

"爹……"

颐亲王府里，这晚灯火通明。

侍卫分站大厅四周，戒备森严，丫头仆佣，一概不准进入大厅。厅内，王爷面罩寒霜，凝神而立。

地上，一排跪着三个人，雪珂、亚蒙，还有雪珂的奶妈——也就是亚蒙的生母——周嬷。雪珂脸色惨白，满面风霜，一身荆钗布裙，看来既憔悴又消瘦。亚蒙神色凛然，年轻的脸庞上有着无惧的青春，虽然也是风尘仆仆，两眼却依然炯炯有神。而周嬷，她早已吓得魂飞魄散，对她来说，整个世界粉碎也不会比现在这种局面更糟。天啊！她的独生子亚蒙，竟敢拐带颐亲王府里唯一的格格！天啊！这是诛灭九族的滔天大罪呀！

雪珂的生母倩柔福晋，手足失措地站立在王爷身边。

怎么办？怎么办？她望着地上那穿着破棉袄、系着蓝布头巾的雪珂，她又惊又痛又害怕。这是她的雪珂吗？她唯一的女儿！她最心爱的女儿！可能吗？她凝视雪珂：这孩子才十七岁呀！怎会做出这么惊天动地的事情来？雪珂看来好陌生，她直挺挺地跪着，大睁着一对燃烧般的眼睛。这对眼睛里没有害羞，也没有后悔，只有种不顾一切的、令人心悸的狂热。

厅内有五个人，却无比地寂静。

忽然间，唰的一声，王爷拔出腰间长剑。

剑一出鞘，室内的四个人全都一震。王爷杀气腾腾地瞪着亚蒙，咬牙切齿地说："顾亚蒙！今天我不把你碎尸万段，实在难泄我心头之恨！你小小年纪，好大的狗胆！"

亚蒙还来不及说什么，周嬷已连滚带爬地扑过去，拦住了王爷，她如捣蒜般地磕下头去，泪水疯狂地爬了满脸，她战栗地嚷着："王爷开恩，王爷饶命！亚蒙带格格私奔，自是罪该万死，但是，请您看在我身入王府十几年来的情分上，饶他不死吧！王爷！王爷！"她死命拽住王爷的衣袖，泣不成声了，"顾家只有亚蒙这一个儿子，求求您，网开一面，给顾家留个后，如果你一定要杀，就杀了我吧！都是我教导无方，才让亚蒙闯下这场大祸！"

"不！"跪在地上的亚蒙，突然激动地昂起头来，傲然地大声说,"一切与我娘没有关系,她完全不知情!请王爷放掉我娘,我任凭王爷处置……"

"你还敢大声说话!"王爷怒吼,瞪视着亚蒙,"你勾引格格,让我们颐亲王府蒙上奇耻大辱,你们母子两个,我一个也不饶!"

王爷举剑,福晋凄然大喊:"王爷!手下留情啊!"

说着,福晋忘形地急忙用双手去握住王爷的手。

"你拦我怎的?"王爷甩开福晋,大吼着说,"他毁了雪珂的名节,消息传出去,让罗家知道了怎么办?明年冬天,雪珂就要嫁进罗家了呀!"

王爷越说越气,提起剑来,就对亚蒙刺去。雪珂大惊失色,想也不想和身一扑,紧紧抱住了亚蒙。王爷吓得浑身冷汗,在福晋、周嬷、亚蒙同声惊喊中,硬生生抽剑回身,虽是这样,已把雪珂的棉袄划破,露出里面的棉胎。雪珂一抬头,大眼睛直盯着王爷,凄烈地喊:"爹要杀他,得先杀了我!"

王爷又惊又怒,剑是抽回来了,气愤却更加狂炽,一抬手,他用手背对雪珂直挥过去,啪地打在她面颊上。力道之猛,使她摔滚在地,半天都动弹不得。

"不知羞耻!你气死我了!"

"王爷!"亚蒙情急地大喊,"所有的错,都是我一个人犯的,请不要伤了雪珂!"

"王爷王爷!"福晋哭着去抓王爷的衣袖,"要杀雪珂，不如先杀我！"

"王爷啊！"周嬷更是磕头不止，泪如雨下，"让我这个老太婆来顶一切的罪吧！我已经活到四十五岁，死不足惜，格格和亚蒙，他们还年轻呀！"

"够了！"王爷大喊，"都给我住口！"

大家都住了口，王爷盯着亚蒙，目眦尽裂。雪珂见王爷眼中杀气腾腾，再也按捺不住，忍耐着面颊的疼痛，爬了过来，双手紧紧握住父亲持剑的手，悲切地喊："爹，请你听我说，我和亚蒙已经成亲了呀！"

"一派胡言！"王爷更怒了。

"真的，爹！我们在卧佛寺里拜了天地，有菩萨作为见证！我们是真心诚意地结婚了！或者，这个婚礼是你无法承认的，但是，对我们而言，它比任何盛大的婚礼都更加神圣！亚蒙，他是我今生唯一的丈夫了！"

"胡说八道！"王爷怒喊，简直感到不可思议，"你疯了吗？你贵为皇族，身为格格，已经订了婚约，你居然会受一个下等人的愚弄和欺骗！你……怎么如此自甘下贱！"

"不！不是这样！"雪珂嚷着，"他不是下等人，他是我的丈夫！爹，娘，你们的心难道不是肉做的吗？请你们成全我们吧！你们必须这么做，因为我已经没有退路，我再也不能嫁给罗家了，我……"雪珂深抽了口气，鼓足勇气嚷了出来，"我已经怀了亚蒙的孩子！"

哐当一声,王爷手中的长剑落地。踉跄后退,他跌坐在椅子里,双眼都瞪直了。

福晋骇然,周嬷也呆住了。

半晌,王爷跳了起来,纷乱地大喊:"来人!来人呀!给我把周氏母子关进黑房里去!翡翠,秋棠,兰姑,你们把雪珂押回卧房里,守住房门,一步也不许她跨出去!"

雪珂哭了一夜,到早上,泪已流干,筋疲力尽。秋棠、兰姑紧守着房门,翡翠衣不解带地在床边服侍着,真心实意地劝解着:"格格,事已至此,一切要为大局想呀!王爷这么生气,只怕会伤了周嬷和亚蒙少爷……现在,你不能再一味地强硬下去,好歹要保住亚蒙少爷母子的性命,才是最重要的事!"

"是啊!翡翠!"雪珂心碎神伤,六神无主,"我知道,我都知道,但是,怎样才能保全他们呢?"

"去求福晋呀!"

"我连房门都出不去,怎么见得到我娘呢?"雪珂想了想,忽然握住翡翠的手,急促地说,"你去!你去找我娘来,你去跟她说,念在十七载母女之情的分儿上,请她务必要来这儿,务必要救救我……"

雪珂话还没说完,房门忽然开了,雪珂抬起头来,只见王爷和福晋沉着脸,大踏步地跨进门来。在王爷身后,紧跟着一个陌生的老太婆,老太婆手中捧着一碗兀自冒着热气的药碗,一步一步地向雪珂逼近。

雪珂一看这等架势,心里就什么都明白了。

"不!"雪珂狂喊,跳下床来,往门口没命地奔过去,想夺门而出。

"给我抓住她!"王爷怒吼,一个箭步,已抢先将房门关住,上闩,"把药给我灌进去!"

秋棠和兰姑一左一右架住了雪珂,老太婆端着碗过来,阴柔柔地说:"把这药喝下去,十二个时辰以内,胎就下掉了,不会疼!一切包在我身上……"

"不!不!不!"雪珂疯狂般地挣扎着,喊叫着,"娘!娘!让我保有这个孩子,娘!娘!我要他,我爱他呀……娘!娘……"

福晋抖颤着,泪落如雨。

"孩子呀!为了你的名节,这是必走之路呀!"

"给我扳住她的头!快呀!"王爷厉声喊,见到秋棠和兰姑制服不了雪珂,气得大踏步上前,一伸手就捏住了雪珂的下巴,另一手抢过老太婆手中的碗,他开始把药汁强灌进雪珂嘴里。

"喝!喝下去!喝!"他大声喊着。

雪珂死命闭住嘴,咬紧牙关,仍做着最后的挣扎,药汁流了她一脸一身。

"翡翠!"王爷喊,"你给我扳开她的嘴!"

"是!"翡翠浑身发抖地上前,去扳雪珂的嘴,王爷再倒药,翡翠却忽然松手,雪珂趁势一个大力挣扎,头用力一甩，硬把王爷手中的碗给打落在地。哐啷啷一阵响，碗碎了，药汁流了一地。

"翡翠，你好大的胆子！"王爷怒喊。

翡翠跪下去了，泪水夺眶而出："奴才该死！从小侍候格格，就是不曾做过这样的事……奴才手也软脚也软，真的做不下去呀！"

"再去熬一碗来！"王爷抓住老太婆往门外推，"快去！快去！"

"站住！"雪珂蓦地大声一吼，满屋子的人都震动了。雪珂面如死灰，乌黑的眼珠闪着慑人的寒光。"不必这么费事，我自行了断就是了！"

雪珂抓起地上的破碗片，就往脖子抹去。

"格格呀！"翡翠惊喊，没命地就去抢碎片。

"雪珂呀！"福晋也喊，满屋子的人全扑上去，抓手的抓手，拉胳膊的拉胳膊，抢破片的抢破片。到底人多，终于把碎片从雪珂手中夺了下来。

雪珂眼见抹脖子抹不成，又陡地挣开众人，直奔窗口，把窗一推，就想跳楼。

"雪珂！"王爷又惊又怒又心痛，拦窗而立，颤声大喊，"你到底要怎样？已犯下大错，却不让我们帮你解决！你这一辈子，到底要怎样？"

"让我跟亚蒙走吧！"雪珂跪倒在王爷面前，"你杀了亚蒙，或杀了我的孩子，我都无法活下去！你为什么不成全我们？我们一定走到很远很远的地方去，隐姓埋名，永不回北京城……"

"住口！"王爷瞪着雪珂，一个字一个字地说，"你已许配罗家，这婚事不是你一个人的事，是两个家族的事！明年冬天，你一定要嫁到罗家去！你想死，还没有那么容易！"

王爷说完，拂袖而去，剩下心碎肠断的雪珂和惊魂未定的福晋。

夜半，福晋进了雪珂的卧房，屏退了下人，福晋坐在雪珂床边，紧紧握住了她的手。

"雪珂，"福晋含泪说，"我终于说服了你爹，咱们不强迫你，允许你把孩子生下来……"

雪珂震惊地看着母亲，全然不能相信自己的耳朵。

"同时，"福晋继续说，"也免了周氏母子的死罪。"

"娘！"雪珂惊喊着，满眼眶的泪，"我知道你会帮我！我一直就知道！你一定会尽全力来救我！"

"不过……死罪难免，活罪却不能免！"

雪珂脸色骤变。

"那……那要怎样呢？"

"顾亚蒙充军边疆，周嬷要逐出王府！"

雪珂怔怔地看着福晋。

"雪珂，"福晋恳挚地说，"你知道你爹的脾气，从小到大，你但凡小差小错，你爹从不会计较，但是这次，事情实在太严重了！你爹即使不惩罚你，他也绝不会放过亚蒙的！你心里也明白，只要给你爹抓到，亚蒙就等于判了死刑了！"

雪珂凝视着福晋，默然不语。

"所以，你不要以为充军很委屈，要说服你爹，饶他们不死，我已经尽心尽力了！但是，你要答应你爹三个条件！"

"还有三个条件？"

"当然。你以为你爹那么容易放掉亚蒙吗？"福晋紧盯着雪珂，"第一，你发誓再不寻死！第二，孩子一落地，由娘做主，连夜送出府去，你不得过问他的下落，从此斩断关系！第三，你与罗家的亲事，必须如期举行！"

雪珂深深吸了口气。

"如果我不依呢？"她问。

福晋面色惨然，从怀里取出一条白绫。

"如果不依，我们就让这条白绫，把一切都结束吧！"福晋抬头，望望那雕刻着仙鹤和云彩的横梁，"离开亚蒙和孩子，如果你觉得生不如死，那么，我告诉你，我失去你，也生不如死！我嫁到府来十八年，未曾有过儿子，我只生了你这一个女儿。十八年来，我依赖着我对你的爱，和你爹对你的爱来生存。现在，我必须要面对失去你，又要面对失去你爹，那么，孩子，让我们娘儿两个，一起死吧！"泪水沿着福晋的脸庞不断地滚落，她已泣不成声,"我不能眼睁睁送你的终,让我先咽了这口气,你再随我来吧!"

说完,福晋把白绫往梁上套去。雪珂完全惊呆了,扑过去,双手紧紧扯住白绫,她哭着大喊:"娘!娘!娘!我虽已不孝透顶,但,我不能逼您死!娘!娘!你要我怎么办?怎么办?"

"依了娘吧!"福晋一边哭,一边拥着雪珂,"让我们大家都活着——留得青山在,不怕没柴烧。不是吗?"

雪珂心中一动。

"娘,我已非完璧,怎能再嫁入罗家呢?"

"这个……娘自有计策。孩子呀,自古宫闱之中,都有一套方法,你先不要操心,这件事,我当然会帮你遮掩的!就是府里这些侍卫丫头,也会牢守秘密的,说出去都是杀身之祸呀!"

雪珂泪眼看福晋,到这时,真觉得五内俱伤,走投无路。自己一死不足惜,连累的却是母亲、亚蒙、周嬷和腹内那未出世的孩子!雪珂柔肠百结,五脏六腑都痛成一团,咽了一口大气,她咬咬嘴唇,掉着泪说:"要我依这三个条件,除非……"

"除非什么?"福晋问。

"除非让我再见亚蒙一面!"

福晋深深看着雪珂,沉吟片刻,毅然起身。

"好!我就让你们再见一面!"

夜深人静,月明星稀。

亚蒙和雪珂就着月光,在凉亭中见了最后一面。

侍卫押着亚蒙。兰姑、翡翠、福晋押着雪珂。两人隔着石桌石椅,就着月光,彼此深深地、深深地互相凝视。两人都泪盈于眶,两人都哽咽不能语。雪未融,风未止,凉亭里夜寒如水。

"亚蒙,"雪珂终于开了口,"我要你一句话!"

"你说!"

"我是该苟延残喘地活着?还是该——从一而终地死去?"

亚蒙紧闭了一下眼睛,再睁眼时,双眸炯炯,如天际的两点寒星。

"活着!"他有力地说,"只有活着,才有希望!雪珂,为我——活着!"

"可是,活着,是要付代价的!"

"我知道!"亚蒙说,贪婪地紧盯着雪珂。侍卫环立,千言万语竟无法传达。空气里,飘着淡淡的腊梅香。福晋拉了拉雪珂的衣袖。

"时辰到了!快走,给你爹发现,大家都活不成!"

侍卫拉住亚蒙,不由分说地往凉亭外拖去。

雪珂的眼光死死地缠着亚蒙。

"枫叶经霜才会红,梅花经雪才能香!"亚蒙哑声说,"雪中之玉,必能耐寒!"

亚蒙被拖走了。

"雪中之玉,必能耐寒!"雪珂咀嚼着这两句话。泪水被冻成冰珠,凝聚在衣襟上。雪中之玉,正是"雪珂"二字,"必能耐寒"!亚蒙、亚蒙,雪珂心中辗转呼号:我知道了!我懂了!以后,不管岁月多么艰辛,不管自己将变成怎样,我将为你,忍耐雨露风霜!但愿上天有德,彼此有再相逢之日。

以后,在雪珂无数辛酸的日子里,她总是记得亚蒙最后这几句话:枫叶经霜才会红,梅花经雪才能香!雪中之玉,必能耐寒!

第二章

第二年，六月初十的深夜，雪珂生下了一个婴儿。

颐亲王府中，那夜又是戒备森严，雪珂房中只有产婆、福晋和兰姑，连雪珂的心腹翡翠，都被遣离。

雪珂经过了十二个时辰的挣扎，痛楚几乎把她整个人都撕裂了。原来，生命的喜悦来自如此深刻的痛苦！她以为这痛苦将会漫无止境了，她以为她会在这种痛苦中死去。但是，她没有死，就在一阵惊天动地的大痛以后，她听到的是嘹亮的儿啼声。

"咕呱！咕呱！咕呱……"孩子哭着。世界上怎有如此美妙的声音呢？雪珂满头满脸的汗，满眼眶里绽着泪，对福晋哀求地伸出手去。

"让我看一看！快告诉我，是男孩还是女孩？"

"抱走！"福晋对产婆简短地说了两个字。

"是!"产婆用襁褓裹住婴儿,转身就要走。

"娘!娘!"雪珂凄然大喊,"最起码让我见他一面,一面就好。"

"不行!要断,就要断得干干净净!"

"娘!娘!"雪珂情急地想翻下床来,"你也是做娘的人呀?你怎么能这样狠心呢?我答应你,我以后再也不问这孩子的事,但是,求你在抱走以前,让我看看他!就只看一眼,一眼就好!"

福晋心头一热。

"好吧!就只许看一眼!"福晋对产婆说,"抱过来!"

产婆把婴儿抱到床边来,伸长手臂,让雪珂看。

雪珂撑起身子,贪婪地看着那婴儿,初生的孩子有红通通的脸,嚅动的小嘴。眉清目秀,眼睛闭着,细细长长的一条眼缝,有对大眼睛呢!雪珂想着,长大了,会和亚蒙一样漂亮吧?是男孩还是女孩呢?手和脚都健康吧?她伸出手去,想找寻婴儿在襁褓中的手脚,摸一下,摸一下就好……

福晋及时把襁褓一托,大声说:"行了!快走!"

产婆抱着婴儿,快步离去。雪珂一阵心慌,徒劳地伸着手,悲切地喊着:"让我再看一眼,再看一眼……"

"雪珂!"福晋握住雪珂伸长的手,"你明知道今生今世,你再也看不到这孩子了,你就当作根本没生过这孩子,别再看,也别再问,连他是男是女,你都用不着知道！"

产婆抱着婴儿，已然疾步离去。雪珂心中一阵抽痛和恐惧，蓦地反手抓住福晋，哀声地、急切地说："娘！我答应你，从此不问这孩子的下落，也不问这孩子是男是女，但是，请你一定、一定要答应我一件事：让这孩子活下去！给他一个生存的机会，你把他送给老百姓，送到教会，送到庙里……无论你送到哪里都好，只是，别扼杀了他的生命！"

福晋心中一动。雪珂啊雪珂，她实在是冰雪聪明，她已经完全了解，王爷不准备留活口的决心。她瞪着雪珂，雪珂一看福晋的眼神，心中更慌，她推着福晋："娘，我给你磕头！"她在枕上磕着头，"那孩子身上，不只流着我的血，也流着娘的血呀！他是您嫡嫡亲的外孙呀！"

福晋一言不发，站起身来，匆匆追出门外去了。

从此，雪珂没有再问过孩子的事，福晋也没说过有关孩子的事。王爷心中笃定，以为那孩子早就"处理"掉了。

雪珂的孩子，就像她那个庙中拜天地的丈夫一样，在她生命里刻下最深的痕迹，却像闪电般迅速闪过了光，就此无踪无影。

那年冬天，雪珂在盛大的宫廷礼仪中，嫁入了罗家。婚礼壮观到了极点。在彩衣宫女舞衣翩飞之下，迎亲队伍跨越了两条街，花轿上扎满了彩球珠花，雪珂凤冠霞帔，珠围翠绕，前呼后拥地上了花轿。一片吹吹打打，锣鼓喧天，鞭炮震耳欲聋。翡翠以陪嫁丫头的身份，也是一身珠翠，扶着轿子，主仆二人无比风光地进入了罗家。但在内心深处，主仆二人却都各怀心事，忐忑不安。

拜完天地，拜完高堂，夫妻交拜，送入洞房。

晚上，红烛高烧，这是洞房花烛夜。

罗至刚喝了很多酒，但是，绝对没有醉。他今年才十九岁，比新娘子只大一岁，终于，娶了一个格格当新娘！罗至刚志得意满，颐亲王府的小格格！

订婚前，母亲特地去王府里探视了一番，回来就赞不绝口："那小格格，眼珠乌溜溜的黑，皮肤娇嫩嫩的细，活脱脱一个美人坯子！见了人也不藏头藏尾，又大方又文雅，有问有答。毕竟是个格格，教养得真好呢！"

罗至刚从十六岁起，就知道将来要娶格格为妻。这并不是罗家第一次和王室联姻，至刚的祖父也娶了靖亲王府里的第十一个格格，罗家与王室，正像富察氏、钮祜禄氏一样，和王室关系一直密切。也因为这层关系，罗家世代在朝廷中身居要职，曾祖父那代更在承德置下偌大产业，每当夏天，就陪着皇上去避暑山庄接见塞外使节。

罗家是世家。罗至刚从小接受武官教育，骑马射箭、刀枪兵法，无一不通。虽然诗书也读了不少，但到底年轻，更加喜欢武术。军事教育下的罗至刚，是率直而带点鲁莽的，天真而带点任性的。在他洞房花烛夜之前，虽然正是国家多难、满洲王朝岌岌可危的那年，但对年轻而养尊处优的罗至刚来说，生命里几乎是完美无缺的！

但是，他娶了雪珂为妻，他所有的不幸，都是从洞房花烛夜开始的！

那晚，在喜娘们的簇拥下，他挑开了盖在雪珂头上的喜帕，仔细地审视着他的新娘。

雪珂垂着眼端坐着，安静，肃穆，不言不笑。

好美的新娘！罗至刚心里怦然而跳。母亲没有骗他，这位格格明眸皓齿，沉鱼落雁！至刚心中欢快地唱着歌，脑子里已经晕陶陶得不知东南西北。

喜娘笑嘻嘻嚷喊着："请新郎新娘喝交杯酒！"

至刚喜滋滋地笑着，和雪珂喝了交杯酒。

"奴婢们告退了！"喜娘们请安告退。

"拜见罗少爷！"一个标致的丫头上前，跪下去就磕头，"我的名字叫翡翠，是侍候格格的！我也告退了！"

翡翠看了雪珂一眼，和众喜娘一起退下。

室内红烛高烧，剩下了一对新人。

雪珂心里怦怦跳着，手心里沁出了汗珠。虽然是冬天，她却一直在冒着汗。偷眼看至刚，一张年轻的、帅气的、未经事故的脸，兴冲冲地，带着微笑，也带着紧张和窘迫。她的新郎！雪珂心中蓦地一阵绞痛，烈女不事二夫！她已经和亚蒙拜过天地，怎能又有第二个新郎？

她伸手，摸了摸腰间的锦囊。这是福晋左叮嘱右叮嘱，亲手交给她的。她再悄眼看喜床，红缎被单下，隐隐透出一段白色，顺着床单往下看，那段白缎子的下角，绣着鸳鸯戏水图。这片垫在薄薄床单下的白色喜带，将要出示一个新娘的贞节！

红烛爆了一下喜花，至刚伸手去轻扶雪珂的肩。

雪珂被这轻触震动了，她很快地扫了至刚一眼。这张天真而又稚气未除的脸孔下，一定有颗热情而了解的心吧！她深吸了口气，忽然下定了决心，咬咬牙，她的身子一矮，就对他直挺挺地跪了下去。

"你……你这是做什么？"至刚大惊。

"对不起，"雪珂的嘴唇抖颤着，"我必须向你坦白一件事！"

"什么？什么？"至刚实在太吃惊了。母亲根本没教过他，新娘怎会下跪呢？

雪珂心一横，从怀中掏出了那个锦囊。

"这是我娘为我准备的，里面是一个小瓶子，"她取出一个绿玉小瓶，那瓶子好小好小，像个小鼻烟壶一般，"这瓶子只要轻轻一按，盖子就开了……"

至刚糊糊涂涂地听着，完全大惑不解。

"这瓶子里装着的东西……"雪珂低低地、羞惭地、碍口地，却终于坦率地说了出来，"和落红的颜色一模一样，可以证明我的贞操……"

至刚大大一震。落红！这回事他知道，罗府的少爷，这种教育和知识早就有了。他紧盯着雪珂，更加困惑了。

"我可以遵照我娘的指示，在适当的时机，打开瓶盖，一切就都遮掩过去了……"雪珂正视着至刚，缓慢地、清楚地说，"但是，我不能这么做！我不想欺骗你，更不能对另一个人不忠……"

至刚太惊愕了，把雪珂用力一推，大声地问："你到底在说些什么？"

"我……我不能骗你！我是成过亲的！只是我爹娘把我们拆散了，在你以前，我已经有了一个丈夫……"

罗至刚目瞪口呆，就是有个雷劈在他面前，也不会带来这么大的震动。这完全出乎他能够处理的范围，他呆呆站着，雪珂还在诉说什么，但是，那声音已变得飘忽，他不能听，他不想听……他的新娘，他的格格，怎会这样呢？

蓦然间，他向室外冲去，直奔父母的卧房，他那凄厉的喊声，震荡在整个回廊上："爹！娘！这个婚礼不算数！我不要……我不要……爹，娘，你们害惨了我……害惨了我呀……"

王爷和福晋，是连夜被罗大人夫妇请进罗府来的。

23

罗府的大厅中,依然红烛高烧。在正墙前面,有个小几,几上一块白色的方巾遮住了下面的东西,雪珂就跪在这小几的前方。

王爷瞪视着雪珂,气得浑身发抖。他大踏步走上前,对着她,就一脚踹过去,痛骂着说:"早知道,不如让你抹了脖子跳了楼,死了干净!你就这样辜负父母的一片心!"

"哈,哼!王爷!"罗大人面罩寒霜,冷哼着说,"都是为人父母,都有一片心呀!这样的女儿,你嫁入我家大门,要我们这做父母的,对至刚如何交代?"

王爷一震,羞惭得无地自容。

至刚急急走上前去,对父母说:"爹,娘!这种媳妇我不要了,你们快让王爷把她带回家去吧!我们把她休了吧!"

雪珂神色惨然,对罗大人和夫人深深地磕下头去。

"雪珂以待罪之身,听凭你们发落!"

"发落?言重了!"罗夫人冷冷地说,怒瞪着雪珂,这个让他们全家蒙羞的小女子,她恨不能剥她的皮,吃她的肉!这一生,她没受过这么大的羞辱!这个媳妇儿,还是她亲自去鉴定过的呢!"你巴不得我们休了你,对不对?"她怒声问,"你既然敢在洞房花烛夜说出真相,想必你已经豁出去了,如果我们休了你,就正中你的心意,从此,你就可以为你那个名不正、言不顺的情夫守住身子了，是也不是？"

雪珂一惊，不由得抬头看了罗夫人一眼，她接触到一对无比锐利又无比森冷的眼光，她不禁打了个寒战，这个女人，她已经洞悉了她的居心！

"亲家母，"福晋心慌意乱地开了口，"这件事，实在是让我们两家，都无比地尴尬。说来说去，都是我这做母亲的教导无方，才让雪珂犯下大错！但如今时过境迁，那周嬷嬷母子，都已被放逐塞外，等于不存在的人了。那么，不知道你们能不能宽大为怀，原谅我们做父母的，出于善意的欺瞒……"

"福晋！"罗大人打断了福晋的话，"对你们而言，雪珂的不守妇道，早已'时过境迁'，对我们而言，却是'事到临头'，你们的欺骗，不论是什么出发点，我们都没有义务来承担！"

"好了！我知道了！"王爷怫然地回过身子来，"雪珂，我们带回家去就是了！"

"慢着！"罗夫人往前跨了一步，"雪珂既然已嫁入我们罗家，也无法再让你们带走！"

"那你要怎的？"王爷问。

"王爷！"罗夫人正色说，"你不想想，今日这场婚礼，是怎么样的排场！整个北京城，都知道罗家和颐亲王府结了亲家，从皇室到百官，贺客盈门……这样的婚礼之后，我们罗家再说媳妇犯了七出之条，对我们也是颜面尽失！王爷！这个脸我们罗家丢不起！"

"那么，你到底要怎样？"

"雪珂留下！"罗夫人阴沉沉地说，"既然已行婚礼，就算我们家的媳妇！从今以后，你们王府，别说我们待媳妇儿有什么不周的地方！至于雪珂，"罗夫人走到雪珂面前，双目如同两把冰冷的利刃，直刺向雪珂，"你给我听着，今儿个罗家容下你，是情非得已，咽下你所带来的耻辱，更是情迫无奈！过去，你有父母为你一手遮天，从今而后，我可不容许你再有丝毫差错！"

"不！娘！"至刚激动地往前一冲，"我不要她！我要休了她！她是个不贞不洁不干不净的女人！我受不了这种侮辱！这对我太不公平了！"

雪珂面容惨白，眼神惨淡，默然不语。

"至刚！"罗大人声色俱厉，"你娘说得对！我们罗家丢不起这个脸！这媳妇儿你不要，我们也得留着！至于你的委屈，我们自会为你补偿！以后，你就是三妻四妾，我想王爷和福晋也不会有意见的！"

王爷深抽了口气，瞪视着雪珂。骤然间，他觉得有股寒意直袭心头，他几乎已看到雪珂那必须面对的未来。

他还来不及再说什么，罗夫人已把雪珂的胳臂一把拉住。"过来！"她厉声说。

雪珂膝行着，被拖到小几前面。罗夫人把几上的方巾用力掀掉，里面赫然是一把亮晃晃的匕首。

"现在，你必须当着你的父母和咱们一家人的面，自断小指，立下血誓，从此对过去之事三缄其口，在未来的日子恪守妇道！"

福晋吓坏了，一个箭步扑到桌边。

"什么？自断小指？那又何必？雪珂发誓就是了，何至于一定要她自残身体……"

"这是我们罗家的规矩！"罗大人冷峻地说，"国有国法，家有家规！"

罗家父母的每一句话，都和面前的匕首一样锋利。"坦白"带来的屈辱，原来是这般强大！雪珂睁大了眼睛，死吧！她想着，只要把这匕首当胸一刺，就一了百了了！可是，她的耳边，却响起了亚蒙低沉而有力的声音："枫叶经霜才会红，梅花经雪才会香！雪中之玉，必能耐寒！"

雪珂一把抓起了匕首，不能死！她抬头挺胸，毅然说："雪珂立下血誓，从今以后，将对自身耻辱三缄其口！并恪遵妇道，若违此誓，便如此指！"

雪珂说完，一刀往小指上剁去。

彻骨的痛使雪珂惨叫一声，晕死过去。

这自断小指的一幕，在以后很多的日子里，都困扰着至刚，而且在他眼前不断地重演。雪珂那苍白的脸，那黑不见底的眼睛，那惨淡的神情，那几乎称得上是"壮烈"的举动……一个弱女子，竟能将左手小指从第一个关节,硬生生砍了下来……是什么力量让她做到的?是什么力量让她在新婚之夜,居然敢承认自己的不贞?

为什么要承认呢?至刚想不明白,却越想越感到挫败,越想就越对雪珂生出一种近乎痛苦的恨。恨她的坦白,恨她的诚实,恨她有断指的勇气,更恨她……是了,更恨她因此而保护了自己——使他退避三舍以外,根本不愿对她染指!

但是,她是他的妻子呀!

为什么要承认呢?就为了躲避他吗?为什么要躲避他呢?因为要对另一个男人守身吗?

一次又一次的自问,使这个才十九岁的少年妒火狂炙。恨透了雪珂!真恨透了雪珂!

婚后三个月的一天夜里,至刚喝得醉醺醺的,撞进了雪珂的卧房。

"少爷!"翡翠惊喊,像守护神似的站在雪珂床前,"你要做什么?"

"滚出去!"至刚狂暴地把翡翠推出了房门。

雪珂从床上坐起来,发出一声惊喊,条件反射般地用棉被遮在胸前。这个举动使至刚更加怒不可遏了,他伸出手去,一把就扯掉了那棉被。

"我真恨你!我真恨你!"他一迭连声地嚷着,"你为什么不用你娘的法子,你为什么要说出来?那个人,他究竟有多好?值得你这样为他豁出去?你告诉我!你告诉我！"他疯狂地抓住她的肩，疯狂地摇撼着她。

"对不起……"雪珂颤抖地说，试着想摆脱他，"真对不起你！请你放开我，我愿意当你的丫头……"

"你不是我的丫头，你是我的妻子！"

"不不，"雪珂昏乱地说，"不是的……"

啪的一声，他给了她一耳光。

"你宁愿不是的！对不对？你宁愿做丫头也不做我的妻子，对不对？我偏不让你称心如意，我偏不让你达到目的！你已经扰乱了我的生活，破坏了我的快乐，你使我这么痛苦，这么恨！我从没有恨一个人像恨你这样！我真恨你，我真恨你，我真恨你……"

他一面叫着嚷着，一面占有了她。

雪珂咬着牙，承受了一切。泪，迷离了她所有的视线。内心深处，有无穷无尽的痛。

第二天，她和翡翠去了卧佛寺。

跪在菩萨面前，她沉痛地说："菩萨，你是我的见证。我没能为亚蒙守身如玉！往后，还不知有多少艰难的日子，必须一日一日挨下去！菩萨，请把我的思念转达给亚蒙，请他给我力量。告诉他，告诉他……忍辱偷生只为了'希望'，希望有朝一日，能够再见！告诉他，告诉他，不管怎样，我没有一天一刻，忘记过他……"

雪珂说着哭倒在地，匍匐在佛像前。

翡翠跪在一边，泪，也爬了满脸，跟着匍匐下去。

第三章

枫叶红了一度又一度，梅花开了一年又一年，春去秋来，时光如流，八年，就这样过去了。

八年，足以改变很多的东西。满清改成了民国，一会儿袁世凯，一会儿张勋，一会儿段祺瑞，政局风起云涌，瞬息万变。民国初年，政治是一片动荡。不管怎样，对颐亲王爷来说，权势都已消失，唯一没失去的，是王府那栋老房子。关起了王府大门，摘下了颐亲王府的招牌……王爷只在围墙内当王爷，虽然丫鬟仆佣仍然环侍，过去的叱咤风云，前呼后拥……都已成为过去。

对雪珂来说，这八年的日子，是漫长而无止境的煎熬。罗大人在满清改为民国的第二年，抑郁成疾，一病不起。罗家的政治势力全然瓦解，罗夫人当机立断，放弃了北京，全家迁回老家承德，鼓励至刚弃政从商。幸好家里的经济基础雄厚，田地又多，至刚长袖善舞，居然给他闯出另一番天下，他从茶叶到南北货，药材到皮毛，什么都做，竟然成为承德殷实的巨贾。

不管至刚的事业有多成功，雪珂永远是罗夫人眼中之钉，也永远是至刚内心深处的刺痛。到承德之后，至刚又大张旗鼓地迎娶了另一位夫人——沈嘉珊。嘉珊出自书香世家，温柔敦厚，一进门，就被罗夫人视为真正的儿媳。进门第二年，又很争气地给至刚生了个儿子——玉麟，从此身价不同凡响，把雪珂的地位更给挤到一边去。雪珂对自己的地位倒没什么介意，主也好，仆也好，活着的目的，只为了等待。但是，年复一年，希望越来越渺茫，日子越来越暗淡。从满清到民国，政府都改朝换代了，当初发配边疆的人犯，到底是存是亡，流落何方？已完全无法追寻了。雪珂每月初一和十五，仍然去庙里，为亚蒙祈福，但经过这么些年，亚蒙即使活着，大概也使君有妇了。当初那段轰轰烈烈的爱，逐渐尘封于心底。常让她深深痛楚的，除了至刚永不停止的折磨以外，就是玉麟那天真动人的笑语呢喃了。她那一落地就失去踪影的孩子，应该有八岁了，是男孩？是女孩？在什么人家里生活呢？各种幻想缠绕着她。她深信，福晋已做了最妥善的安排。八年来，母女见面机会不多，搬到承德后，更没有归宁的日子，福晋始终死守着她的秘密，雪珂也始终悲咽着她的思念。就这样，八年过去,雪珂已经从当日的少女,变成一个典型的"闺中怨妇"了。

枫叶又红了,秋天再度来临。

这天黄昏,有一辆不起眼的旧马车,慢吞吞地走进了承德城。承德这城市没有城门,只在主要的大街上,高高竖着三道牌楼,是当初皇室的标志。远远地,只要看到这牌楼,就知道承德到了。马车停在第一道牌楼下,车夫对车内嚷着:"已经到了承德了!姥姥!小姑娘!可以下车了!"

车内跳出一个衣衫褴褛的小女孩。个儿太小,车子太高,女孩这一跳就摔了一跤。

"哎哎!小姑娘,摔着没有?"车夫关心地问。

"嘘!"小女孩把手指放在唇上,指指车内,显然不想让车里的人知道她摔了跤。虽是这样,车里一个白发苍苍的老妇人已急忙伸头嚷着:"小雨点,你摔了?摔着哪儿了?"

"没有!没有!"那名叫小雨点的孩子,十分机灵地接了口,"只是没站好而已!"她伸手给老妇人,"奶奶,这车好高,我来扶你,你小心点儿下来,别闪了腰……"

老妇人抓着小雨点的手,伛偻着背脊,下了车。迎面一股瑟瑟秋风,老妇人不禁爆发了一阵大咳,小雨点忙着给老妇拍着背,老妇四面张望着,神情激动地说了一句："承德！总算给咱们熬到了！"

"姥姥！"车夫嚷着，"天快黑了！你们趁早寻家客栈落脚吧！这儿我熟的，沿着大街直走，到了路口右边一拐，有一间长升客栈，价钱挺公道的！"

"谢谢啊！"老妇牵起小雨点的手，一步步往前慢慢走去，眼光向四周眺望着。承德，一座座巍峨的老建筑，已刻着年代的沧桑。但那些高高的围墙，巨扇的大门……仍然有"侯门似海"的感觉。老妇深吸了口气，嘴中低低喃喃，模模糊糊地说了句："雪珂，我周嬷违背了当初对福晋立下的重誓，依然带着你的女儿，千里迢迢来找你了！只是，你在哪一扇大门里面呢？我要怎样，才能把小雨点送到你手里呢？"

风卷着落叶，对周嬷扑面扫来。周嬷弯下身子，又是一阵大咳。小雨点焦灼地对周嬷又拍又打，急急地说："奶奶，咱们赶快去客栈里吧！去了客栈，就赶快给奶奶请大夫吧……"

"没事没事！"周嬷直起身子，强颜欢笑着，望着远处天边最后的一抹彩霞。"雪珂！"她心中低唤着，"再不把孩子交给你，只怕我撑不住了。"

周嬷费了好几天的时间，终于打听出雪珂的下落。承德罗府，原来赫赫有名啊！周嬷又费了好几天时间，终于结识了罗府的一位管家冯妈，和冯妈一谈，周嬷就愣住了。原来，罗至刚已有第二位夫人！原来雪珂在罗家并无地位,如果下人眼中已经如此,实际情况一定更糟。

怎样把小雨点送进罗家去呢?怎样让雪珂知道小雨点就是她亲生的女儿呢?总不能敲了门,堂而皇之地走进去,把雪珂婚前生的孩子,交到雪珂面前呀!周嬷始终记得,福晋亲自把小雨点抱来,递到她怀里时,说的一番话:"这个孩子活着,只有你知我知天知地知!你必须立下重誓,带着孩子远走高飞,永远不回北京城,永远不再见雪珂的面!如果你违背了誓言,会天打雷劈,永世不得超生!"

她发了誓,很郑重很虔诚很严肃地发了誓。福晋眼里闪着泪光,又交给她一笔钱,恳切地说:"拿了这些盘缠,带着孩子去找亚蒙吧!亚蒙被充军到新疆的喀拉村,在那儿开采煤矿,去吧!找着了亚蒙,一家三口就在新疆落户,另娶媳妇,另过日子吧!"

周嬷多感激呀!有了孙女儿,有了盘缠,又有了亚蒙的下落!她连夜带着孩子,离开北京,直奔新疆而去。

福晋大概做梦也没想到,周嬷这一老一小,人生地不熟,走走停停,好不容易走到新疆,找到喀拉村时,已经是一年以后了。朝代改了,喀拉村的人犯全跑光了,没有任何人知道顾亚蒙在何方,连那个煤矿,都已经是个废矿,没人开采了!

盘缠已经用完,小雨点又体弱多病,周嬷呼天不应,叫地不灵,又举目无亲。从此,是漫长、漂泊的日子,一个村镇又一个村镇,周嬷打着零工,做各种活儿养活小雨点,寻访亚蒙的下落。祖孙二人挨过许许多多不为人知的苦楚,有时,周嬷看着小雨点那酷似雪珂的神韵,和那种与生俱来的高贵气质,会愣愣地发起呆来。

"是个小格格呢!怎么命会这么苦呢!"

是的,小雨点从小餐风饮露,说有多苦就有多苦。祖孙两个从新疆往回走,一走就走了好多年,走得周嬷日渐衰弱,百病丛生,好不容易回到北京,才知道罗府已经搬回承德了。

她怎样也没胆子把小雨点送到王爷府去。周嬷自知来日无多,越来越恐惧,渴望见到雪珂的愿望就越来越强烈,终于,她勉强撑持着,带着小雨点来到承德。

已经到了承德,也知道罗家的地址,在罗宅大门前,徘徊了好几天的周嬷,这才了解到"一面难求"的意义。

身上最后的几个钱也快用完了,长升客栈里,已欠下好多天的房钱,周嬷的身子越来越差,常整夜咳得不能睡觉。这天,周嬷得到了一个消息,像是在黑夜中看见了一线曙光,来不及细思,也来不及计划清楚,她做了一个最冒险的决定。

这晚,周嬷拉着小雨点,强抑悲痛地说:"小雨点,奶奶要跟你分开一段日子了!"

"为什么?"小雨点脸色苍白。

"你听着,奶奶带着你,巴巴地来到承德,是因为奶奶打听到,这儿有户姓罗的大户人家,心肠好,又待人宽厚,他们家正巧需要……需要一个小丫头!"

小雨点睁大眼睛,看着周嬷点点头。

"你要把我卖给罗家,当小丫头?"小雨点喉咙中哽哽的,眼眶里湿漉漉的,"可以卖很多钱吗?"她问。

"不是!"周嬷为难极了,能告诉小雨点一切吗?不行呀!她才八岁,她不会守秘,也全然没有心机。

"不是为了钱……"

"我知道,"小雨点又点头,"你怕我跟你过苦日子,你才这样安排的!我不去!你病着,我如果去做丫头,谁来照顾你呀?"

"小雨点!"周嬷急了,"如果我告诉你,是为了钱呢?你瞧,咱们已经山穷水尽了,奶奶身子又不好……"

"卖了我,你就有钱治病了?是不是?"小雨点眼睛一亮,"那么,就卖了我吧!"

周嬷抱着小雨点,泪如雨下。

"小雨点,听我说,进了罗家,别说你姓顾,只说你姓周!罗家有个少奶奶,是个格格,记住,是格格的那位少奶奶,你见着了她,要特别对她好……告诉她,告诉她……"周嬷一个激动,开始大咳特咳,咳得说不下去了。

"奶奶!奶奶!"小雨点吓得魄飞魂散,拼命帮周嬷捶背揉胸口，一迭连声地说，"你快把我卖了吧！卖了钱快治病吧！"

周嬷死命攥住小雨点的衣袖，颤抖着，咳着，瞪大眼睛叮咛着："告诉她，你有一个奶奶，只有一个奶奶，你跟着奶奶去新疆找你爹，找了好多年都没找着……告诉她……你娘……你娘……"周嬷咳得说不下去，小雨点急得泪水奔流。

"别说了，奶奶，我都知道了，我娘，她早就死了！"

"小雨点，"周嬷更急切了，"你娘，她没……没……唉！"周嬷叹口气，又咳又喘又着急，"这些话，你只能对那个少奶奶说，不能对罗家任何人说！听到没有？"

小雨点拼命点头，拼命拍着周嬷的背，泪水不停地掉，声音哽咽着："我都知道，我听你话，你赶快卖了我治病！"

"唉！"周嬷再叹了口气，仰头看窗外的天空。"老天爷！"她心中默祷着，"让我见雪珂一面吧！"

第二天，小雨点在冯妈的穿针引线下，卖进了罗家。周嬷没走进罗家大院，只在厨房边的小厅结束了这场买卖，出来拿卖身契和付钱的是罗老太，也就是当年的罗夫人。在罗老太那么锐利，那么威严的注视之下，周嬷什么话都不敢说，眼睁睁看着小雨点被冯妈带走了。

"明天，"周嬷心想，"明天起，我将去罗家大门前等着,早也等,晚也等,总会等到雪珂出门吧!"

周嬷并没想到,她的生命里已经没有"明天"。就在小雨点进罗府的那个晚上,周嬷走完了她人生中最后一段路。带着她那天大的秘密,她来不及对小雨点有更进一步的安排,就这么饮恨而去了。

周嬷的后事,是长升客栈的掌柜,为周嬷料理的。

没想到卖小雨点的钱,做了周嬷的丧葬费。一口薄棺,在城西的乱葬岗,就这么入了土。入土那天,掌柜的想到已卖进罗家的小雨点,心存悲悯,因而,亲自去了一趟罗家,见到了罗家的老家人老闵,报了噩耗。老闵是个憨厚忠诚的人,不禁动了恻隐之心,立刻报告罗老太。罗老太呆住了,没料到世间有这等苦命之人,卖了孙女儿治病,居然连一天都没挨过去。

"让小雨点去坟上给她奶奶磕个头吧!"罗老太对老闵说,"怪可怜的!"

因而,小雨点上了奶奶的坟。

秋日的乱葬岗,朔野风寒,落叶飘零。

小雨点难以置信地看着那座新坟,完全不能相信这个事实。死了?她从小相依为命,在这世上仅有的一个亲人,居然死了?那日进罗家,竟成为她和奶奶的永诀!八岁的小雨点无法承受这个,她看着奶奶的坟,看着那片木头的墓碑,上面只有四个字:"周氏之墓",顿时痛从中来,抱着那木头牌子,她号啕大哭:"不不!奶奶！你最爱小雨点，你最疼小雨点，你说过，我们只是暂时分开一下……奶奶，你骗了我！你怎么可以走？你怎么可以丢下我？不管我了？奶奶！奶奶！你教我以后怎么办？怎么办？奶奶……奶奶……奶奶……"

小雨点凄厉无助的喊声，震动了荒野，天地为之含悲。连见过不少大场面的老闵，都泪盈于眶。

但是，小雨点却唤不回她的奶奶了。

雪珂和小雨点第一次见面，是周嬷去世三天以后的事了。那天，雪珂要到嘉珊房里去拿一批绣花的图样。穿过水榭，走入回廊，她就看到远远的，冯妈正带着个小丫头走过来。府里新买了个小丫头，她已经听翡翠说了，却根本没有把这件事放在心中。小丫头个子好小，穿着一身不知是哪个大丫头的旧衣服，袖管和裤管都长了一大截，走起路来甩呀甩的，好不辛苦。正走着，斜刺里，玉麟横冲直撞而来，这孩子永远有用不完的活力。一面冲，一面嘴里还吆喝着："我是老虎，我是豹子，我是千里马……吧嗒，吧嗒，吧嗒……我来啦……"

这匹千里马一冲之下，竟和小雨点撞了个满怀。

哎哟一声，两个孩子双双摔倒在地。冯妈定睛一看，撞倒了家里的小祖宗，这还得了！她一面慌忙扶起玉麟，一面猛地回手，就给了小雨点一耳光。

"你这个笨丫头，眼睛长在后脑勺上还是怎的？看到小少爷来，你好歹躲一躲呀！"

　　已经摔得七荤八素的小雨点，正踩着过长的裤管想爬起来，被冯妈这一耳光，又打得跌坐于地。

　　"哎哎，别打她！别打！"雪珂急步走来，本能地就伸手把小雨点的手握住，用力一拉。这一拉，雪珂就呆住了，心头竟无缘无故地猛跳了跳，像被什么看不到的大力量撞击了一下。她定定神，看着小雨点，好清秀的一个小女孩儿！双眉如画，双目如星，挺直的鼻梁，小小的嘴……这样可爱的孩子，简直是"我见犹怜"呢！雪珂深吸了口气，眼光竟锁在这孩子的面庞上了。

　　"小雨点！还不赶快磕头叫少奶奶！"冯妈很权威地怒喝着，"说你笨，还真笨！教了几天了，见了人要磕头呀！你看着，"她一把拖过小雨点来，"这是少奶奶！"

　　小雨点仰着头，呆呆地看着雪珂。和雪珂的反应一样，小雨点怔住了。她觉得好奇怪，这位少奶奶眼中，流露着如此柔和的光芒，温柔得像冬天的阳光。她这一生，只有在奶奶眼中，见到过这种温柔。

　　"叫人哪！"冯妈伸手，拧了一下小雨点的耳朵。

　　"哎哟！"小雨点叫了一声，慌忙低头，跪下去，忙不迭地磕起头来，"少……少……少奶奶，万……万……万福！"她结结巴巴地说着冯妈教过的一套，"小雨点给……给……少奶奶……磕头请安……"

　　雪珂伸出双手，扶住了小雨点的双肩。

"别磕了，站起来！"她轻声说。

小雨点跌跌撞撞地想站起来，心慌慌的，一脚踩住长裤管，又差点摔倒，雪珂及时扶住了她。

"你的名字叫小雨点？"雪珂问，干脆蹲下来，细细审视着这张娟秀的脸。

"是啊，奶奶都喊我小雨点！"

"奶奶？"雪珂凝视她，"在哪儿呢？"

小雨点眼眶立刻红了，泪珠涌上来，充斥在眼眶里，她竭力忍着，不可以哭奶奶，冯妈已经千叮咛万嘱咐过！但是，要不哭，好难呀！

"奶奶……"她哽咽着，"死了！"

"哦！"雪珂似乎被这孩子的泪烫了一下，心中猛地掠过一阵抽痛和怜惜，"那么，你爹呢？你娘呢？怎么把你这么小的孩子，卖来当丫头？"

"我没爹，我也没娘，"小雨点咽着泪水，鼻子里稀里呼噜，"我奶奶卖了我，才有钱治病，她没有法子，我们好穷……可是，她没治好病，就死了……"小雨点再也熬不住，泪珠沿着面颊，滴滴滚落。

"这个教不好的笨丫头！"冯妈气极了，又想去拧小雨点的耳朵。

"算了，冯妈！"雪珂站起身来，拦住了冯妈，"她这么小，怪可怜的！没爹没娘，又失去了奶奶……"雪珂深深看小雨点，"别哭了！孩子！"

小雨点心中热热的，多么多么温柔的声音呀！多么多么温柔的眼神呀！又多么多么慈爱与美丽的脸孔呀……她慌慌忙忙地用衣袖擦眼睛：不许哭的！不能哭的！当丫头没有资格哭的，冯妈说的。怎么眼泪水就一直要冒出来呢？真是的！

"来，别用袖子擦眼睛！"雪珂说，从怀里掏出一条细纱小手帕，塞在小雨点手中，"拿去！"

小雨点呆呆地接过手帕，好温暖好香的小手帕呀！

"好了！"冯妈一扯小雨点，对雪珂福了一福，"少奶奶，我带她去厨房，老太太交代，要从最根本的工作训练起来，我想，先叫她去灶里烧火吧！"

"烧火？"雪珂一怔，"这么小，不会烫着吗？"

"少奶奶！"冯妈嘴角牵了牵，掠过一丝嘲弄的笑，"丫头就是丫头命哪！又怕烫又怕摔，那还能做活吗？"

冯妈拉着小雨点，不由分说地就向厨房走。

玉麟又开始在回廊里横冲直撞："我是老虎！我是大熊！我是千里马……吧嗒，吧嗒，吧嗒……"

雪珂怔怔地站着，怔怔地望着小雨点的背影，兀自出着神。翡翠忍不住拉拉雪珂的袖子，喊了一声："格格！咱们走吧！"

格格！小雨点触电似的回过头来。奶奶说过一句话，见着了是格格的那位少奶奶，要告诉她……告诉她……告诉她什么？小雨点心慌慌，完全想不出来。正在怔忡之中，冯妈已拎着她的耳朵，一路拉扯了过去：

"你磨磨蹭蹭的干什么？走一步，停一步！你当你是千金小姐吗？还不给我快一点干活去！"

小雨点被一路拖走了。

雪珂莫名其妙地长长叹了一口气。

"格格，"翡翠轻言细语地，"别叹气了，给老太太或是少爷听到，又有一顿气要受……"

唉！雪珂心中叹了更大的一口气：在罗家，当小丫头不能掉泪，当少奶奶不能叹气。可是，人生，就有那么多无可奈何的事啊！

第四章

就在小雨点和雪珂相对不相识的时候,北京的颐亲王府中,也发生了一件大事。

这天一大早,王爷的亲信李标就直奔进来,手持一张名帖,慌慌张张地说:"王爷,外面有客人求见!"

"怎么?"王爷瞪了李标一眼,"你慌什么?难道来客不善?"王爷拿过名帖来看了看,"高寒,这名字没听说过啊!这是什么人?他有什么急事要见我?"

"王爷!"李标面露不安之色,"不知道是不是小的看走了眼,这位高先生实在眼熟得很,好像是当年那个……那个充军的顾亚蒙呀!"

王爷大吃一惊,坐在旁边的福晋已霍然而起,比王爷更加吃惊,她急步上前追问:"你没看错吗?真是他吗?为什么换了名字?他的衣着打扮怎样?很潦倒吗?

身边有别的人吗……"

"他看来并不潦倒,身边也跟着一个人!"

"哦哦?"福晋更惊,"是周嬷吗?"

"不是的,是个少年小厮,一身短打装扮,非常英俊,看来颇有几下功夫。"

"哦!"王爷太惊愕了,"你说那顾亚蒙摇身一变,变成高寒,带了打手上门来兴师问罪吗?"他咽口气,咬咬牙说,"好!咱们就见见这位高寒,他是不是顾亚蒙,见了就知道!"

王爷大踏步走进大厅的时候,那位高寒先生正背手立在窗边,一件蓝灰色的长衫,显得那背影更是颀长。在他身边,有个剑眉朗目的少年垂手而立,十分恭谨的样子。

"阿德,"那高寒正对少年说,"这颐亲王府里的画栋雕梁,已经褪色不少,门口那两座石狮子,倒依然如旧!"

王爷心中猛地一跳,跟着进门的福晋已脱口惊呼:"亚蒙!"

高寒蓦地回过头来,身长玉立,气势不凡,当日稚气未除的脸庞,如今已相貌堂堂,仪表出众,只是,眉间眼底却深刻着某种无形的伤痛,使那温文儒雅的眸子透出两道不和谐的寒光,显得冰冷、锐利而冷漠。

"亚蒙?"高寒唇边浮起一丝冷笑,抬高了声音问,

"有人在喊亚蒙吗？九年以前，我认识一位顾亚蒙，他被充军到遥远的天边，路上遇到饥荒又遇到瘟疫，他死了！顾亚蒙这个人死过很多次，路上死了一次，到矿里，深入地层下工作，又被倒塌的矿壁压死了一次。和看守军发生冲突，再被打死了一次，当清军失势，矿工解散，那顾亚蒙早已百病缠身，衣不蔽体，流浪到西北，又被当地的流氓围攻，再打死一次！于是，顾亚蒙就彻底地死了，消失了！"他抬头挺胸，深吸了口气，"对不起，王爷，福晋，你们所认识的亚蒙，早就托你们的福，死了千次万次了！现在，站在你们面前的人，名叫高寒！"

高寒冷峻地说着，是的，那在陕西被流氓追逐殴打的一幕，依稀还在眼前，如果没有高老爷和阿德主仆二人伸援手救下他来，他今天也不会站在王府里了。人生自有一些不可解的际遇，那高振原老爷子，六十岁无子，一见亚蒙谈吐不俗，竟动了心。把亚蒙一路带回家乡，两人无所不谈，到了福建，老人对亚蒙说："你无家，我无子，你的名字已让满人加上各种罪名给玷污了。现在，你我既然有缘，你何不随了我的姓，换一个名字，开始你新的人生？"

于是，他拜老人为义父，改姓高，取名"寒"。雪中之玉，必能耐寒！他已经耐过九年之寒了！今天，他终于又站在王爷面前了。他终于能够抬头挺胸，侃侃而谈了。

"亚蒙虽死，阴魂未散，王爷有任何吩咐，不妨让我高寒来转达！"

王爷怔了片刻，脸色忽青忽白，骤然间，他大吼出来："你居然还敢回来！九年前你造的孽，到今天都无法消除，你居然还敢明目张胆地跑进王府来，对我这样明讽暗刺……"

高寒的声音，冷峻而有力："王爷！让我提醒你，现在是民国八年了！'王爷'这两个字，已经变成一个历史名词了！你不再是高高在上、掌握生杀大权的那个人，而我，也不再是跪在地上、任人宰割的那个人！你最好不要轻举妄动，你拿我，已经无可奈何了！"

"你混账！"王爷大怒，一冲上前，就攥住高寒胸前的衣服，"不错，是改朝换代了！你连姓名，都已经改了！但在我眼里，你永远都翻不了身，我也永远痛恨你，你带给这个家无法洗刷的耻辱……我真后悔，当初没有一剑杀了你……"

"王爷！"那名叫阿德的少年走过来，轻描淡写地把王爷和高寒从中间一分，王爷感到一股大力量直逼自己，竟不由自主地松了手。他愕然地瞪着那少年，是，高寒绝不是顾亚蒙，他身边居然有这样的好手，怪不得他有恃而无恐了。

"大家有话好说好说，"阿德笑嘻嘻的，看王爷一眼，"我家少爷好意前来拜访，请不要随便动手，以免伤筋动骨……"

什么话！王爷气得脸都绿了，正待发作，福晋已急急忙忙地往两人中间一拦，眼光直直地看着高寒，迫切地、困惑地开了口："你们母子见到面了没有？那周嬷，她找到了你没有？难道……你们母子竟没有再相逢？"

"什么？"高寒一震，瞪视着福晋，"为什么我们母子会相逢？我在远远的新疆，民国以后，我就东南西北流浪，然后又去了福建，我娘怎可能和我相遇？到北京后，我也寻访过我娘，但是，我家的破房子早就几易其主，我娘的旧街坊说，八年前，我娘就不见了！你们……"他往前一跨，猛地提高了声音，"你们把我娘怎样了？"

"天地良心！"福晋脱口喊出，"那周嬷……她不是去找你了吗？是我告诉她的地址，新疆喀拉村，是我给了她盘缠……她应该早就到新疆去了呀！"

高寒一呆，王爷也一呆。

"你这话当真？"高寒问福晋。

"这种事，我也能撒谎吗……"

福晋话没说完，王爷已怒瞪着福晋吼："你瞒着我做的好事！你居然周济周嬷，又私传消息，你好大的胆子！"

"王爷！"福晋眼中充满泪，"已经是八年前的事了，我们就不要再重翻旧账了吧！"

高寒踉跄着退后了一步。

真的吗？娘去了新疆，可能吗？那样天寒地冻，路远迢迢！如果她真的去了，却和他失之交臂，那么，她会怎样？回到北京来？再向福晋求救？他抬起头来，紧盯着福晋："后来呢？以后呢？"

"以后，"福晋愣了愣，"以后就再也没有消息了！"

"那么，"高寒抽了口气，"雪珂呢？"

王爷忍无可忍地又扑上前来。

"你这个混账！你还敢提雪珂的名字！她嫁了！她八年前就嫁给罗至刚了！现在幸福美满得不得了，如果你敢再去招惹她，我决不饶你！我会用这条老命，跟你拼到最后一口气！"

"王爷王爷！"福晋着急地拉住他，"别生气呀！"她哀求似的看向高寒，"王爷这两年，身子已大不如前，过去的事，都已经过去了，请你不要再追究了吧！"

"过去的事还没过去！"高寒大声说，"我那孩子呢？告诉我，我那孩子呢？"

王爷喘着气抬起头来："那个孽种，一落地就死了！"

高寒脸色大变，这次，是他一伸手，抓住了王爷的衣襟："你说什么！什么叫一落地就死了？你胡说！你们把他怎样了？怎样了……"

"埋了！"王爷也大叫，"你要怎样？我们把他埋了！这种耻辱，必须湮灭……"

"天哪！"高寒痛喊，疯狂般地摇撼着王爷，"你们怎么下得了手？那个无辜的小生命，难道不是你们的骨肉！你们怎能残害自己的骨肉啊？"

"住手！住手！"福晋喊着，没命地去拉高寒，"听我说，那孩子没死！是个好漂亮的女孩儿，我连夜抱去交给你娘，你娘她不敢留在北京，就连夜抱着去新疆找你了！"

福晋此语一出，高寒呆住了，王爷也呆住了，两人的目光都紧紧地盯着福晋。福晋凄然地瞅着王爷半晌，才哽咽着，喑哑地说："请原谅我！那孩子粉妆玉琢，才出生就会冲着我笑，我下不了手。周嬷她失去儿子，已经痛不欲生，让她带着孩子去和亚蒙团聚，也算……我们积下一点阴德，我怎么想得到，她居然没有找到亚蒙？"

福晋边说，泪水已夺眶而出，一转身，她激动地握住了高寒的手臂，热切地抬起头来，含泪盯着高寒，真挚地说："不要再来找我们了，我们是两个无用的老人了！不要再去找雪珂了，她已经罗敷有夫，另有她的世界和生活了！去……去找你的娘和你的女儿吧！她们现在正不知流落何方，等着你的援手呢！"福晋顿了顿，眼光更热切了，"亚蒙，对过去的事，我们也有怨有悔，请你，为了我和王爷，为了雪珂，立刻去寻访她们两个吧！"

高寒凝视着福晋，眼底的绝望逐渐被希望的光芒给燃亮了。

晚上，高寒和阿德坐在客栈房间里，就着一盏桐油灯，研究着手里的地图。

"从北京到喀拉村，这条路实在不短，前前后后，又要翻山越岭，又要涉过荒无人烟的沙漠……我娘带着一个刚出世的孩子，怎么可能凭两条腿走了去？再加上，这条路又不平静，有强盗有土匪，有流窜的清军，有逃亡的人犯……什么样的人都有。我真担心，我娘和那孩子……会有怎样的遭遇！"

"少爷！"阿德背脊一挺，诚挚地说，"我们可以一个村落又一个村落地找过去，一个人家接一个人家地问过去！总有几个人，会记住她们吧！"

"八年了！阿德！"高寒痛楚地说着，"八年可以改变多少事情！"他背着手，开始在室内走来走去，"我简直不知道要从哪一条路、哪一个地方开始找！"他忽然站住，眼里幽幽地闪着光，"或者，我们应该去一趟承德！"

"承德？"

"是的，承德。"高寒望了望窗外黑暗的苍穹，再收回眼光来，凝视阿德。"我们应该去一趟承德！"他的语气中带着渴盼与期望，"雪珂在承德，不知道过得好不好？对于我娘和孩子，不知道她那儿有消息没有？我娘她没受过什么教育，又是个实心眼儿的妇人，她在动身以前，应该想法子和雪珂通上消息……对！"他一击掌，"我们立刻动身去承德！"

"好！"阿德二话不说，站起来就整理行装，"我这就去雇一辆马车来，少爷，你等着，一个时辰之内，就可以动身了！"

高寒一怔。"阿德!"

"是!"

"你不阻止我吗？我记得，在我们动身来北京之前，我义父是这样对你说的：'阿德，你好好给我护送他到北京，如果是寻亲呢，就帮他去寻，如果是去找雪珂呢……就把他给我押回到福建来！'"

阿德抬头，对高寒微微一笑。

"是的，我家老爷是这样命令我的！"

"那么，你不预备阻止我？"

"少爷，"阿德对高寒更深地一笑，"从我们在大西北相遇，我们在一起也有七个年头了，七年里，你的心事，瞒不过老爷，也瞒不过我阿德！你现在已经下了决心要去承德了，你是寻亲也好，你是寻妻也好，我有什么力量，来阻止你九年来的'等待'呢？既然没有力量来阻止，我就只好豁出去，帮你帮到底！反正老爷远在福建，鞭长莫及！何况，这寻亲与寻妻，一字之差，又是很相近的样子，我阿德念书不多，弄不清楚！"

高寒激赏地看着阿德，虽然心中堆积着无数的问题，却被阿德引出了笑容。他重重地拍了阿德的肩膀一下，心存感恩地、真挚地说："阿德，你和我名为主仆，实则兄弟，更是知己。"他突然出起神来。"你知道吗？当年雪珂身边，也有这样一个人，名字叫作翡翠……不知道她还在不在雪珂身边。唉！"他叹了口长气，"原来雪珂生了个女儿，算一算，那孩子已八岁整了，不知道现在这一刻，她在什么地方？做些什么？快不快乐？好不好……"

小雨点绝对不知道，她的爹和娘，都距她只有咫尺之遥。她在罗家当着小丫头，努力烧火，努力擦桌子，努力扫地，努力洗衣服，努力做一切一切的杂务……当然，还要帮罗老太太捶背捏肩膀，帮冯妈扇扇子，帮玉麟小少爷抓蟋蟀绑风筝……她虽然只是个小丫头，却忙得昏天黑地，她唯一的朋友，是和她住一个房间的另一个丫头，比她大四岁的碧萝。当然，她好希望去服侍那位格格少奶奶，但是，她能和雪珂接近的时间并不多。

玉麟只有五岁，天真烂漫。在家中，他是独子，是罗老太的心肝宝贝，他得天独厚，养尊处优，要什么有什么，独独缺少儿时玩伴。自从小雨点进门，玉麟高兴极了，总算找到一个比他大不了多少的小朋友，他对小雨点是不是丫头这一点，完全置之不理，就一片热情地缠住了小雨点。

小雨点在罗家遭遇的第一场灾难，就是玉麟带来的。

这天，玉麟兴冲冲地冲进厨房，一把抓住小雨点，就往花园里跑。

"小雨点，你快来！"

"干什么呀？"小雨点不明所以，跟着玉麟，跑得气喘吁吁。

玉麟站在一棵大树下，指着高高的枝丫。

"瞧！树上有个鸟窝儿，瞧见没？"

"瞧见啦！"

"我要爬上去，把它摘下来送给你！"玉麟摩拳擦掌，就要上树。

"不要！不要！"小雨点吓坏了，慌忙去拉玉麟，"这么高，好危险，你不要上去……"

"怕什么？"小男孩天不怕地不怕，推开了小雨点，"爬树我最行了！我把鸟窝摘给你，你有小鸟儿做伴，就不会天天想你的奶奶了！"

玉麟说做就做，立刻手脚并用，十分敏捷地往树上爬去。小雨点仰着头看，越看越害怕，越看越着急："小少爷！不要爬了！我谢谢你就是了！我真的不要鸟窝儿呀！你快下来嘛！"

玉麟已经越爬越高，小雨点急切的嚷嚷声，更激发了他男孩子的优越感。一定要爬上去，一定要摘到鸟窝儿。他伸长手，就是够不着那鸟窝，他移动身子，踩上有鸟窝儿的横枝，伸长手，再伸长手……快够到了，就差一点点……突然间，咔嚓一声，树枝断了，玉麟直直地跌落下来，咚咚地摔落在石板铺的地上了。

"小少爷！"小雨点狂叫着扑过去，看到玉麟头上在流血，吓得快晕过去了，"冯妈！碧萝，老冈，老萧……"她把知道的人全喊了出来,"少奶奶,二姨娘,老太太……快来呀!小少爷摔伤了呀!"

接着,罗府里是一场惊天动地的大混乱。大夫来了,罗至刚从铺子里也赶回来了,嘉珊哭天哭地,只怕摔坏了她这唯一的儿子。老太太更是急得三魂少了两魂半,全府的丫头仆佣,熬药的熬药,送水的送水,端汤的端汤,打扇的打扇……连一向不大出门的雪珂和翡翠,也挤在玉麟房里,帮忙卷绷带包伤口。

终于,大夫宣布只是小伤,并无大碍。玉麟也清醒过来,笑嘻嘻在那儿指天说地,惋惜没摘到鸟窝儿。当大夫送出门去了,一场虚惊已成过去,罗老太太开始追究起责任来了。

"是谁让他去摘鸟窝儿的?"

小雨点一直跪在天井里那棵大树下。自从玉麟摔伤后,她就依冯妈的指示,跪在"犯罪现场"。

"是小雨点!还跪在那儿呢!"冯妈说。

"新来的丫头?好大的狗胆!"至刚眉头一拧,"冯妈,去给我把家法拿来!好好惩治她一顿!"

雪珂心中一慌,本能地就往前一拦。

"算了!至刚,都是小孩子嘛!骂她两句就好了!何必动用家法呢?"

"你说什么?"罗老太太惊愕地看着雪珂,"她犯了这么大的错,你还为她求情,真是不知轻重!冯妈!给我重打！"

于是，在那棵大树下，冯妈拿着家法，抓起小雨点，重重地打了下去，全家主仆都站着围观。

"冯妈，"至刚说，"重打！问她知不知错？"

冯妈的板子越下越重，小雨点开始痛哭。跟着奶奶流浪许多年，风霜雨露都受过，饥寒冻馁也难免，就是没挨过打。奶奶一路嘘寒问暖，大气儿都没吹过她一下。现在当小丫头，才当了没多少日子，就挨这么重的板子。她又痛又伤心，竟哭叫起她那离她远去的奶奶来："奶奶！你在哪里？你怎么不管我了？不要我了？奶奶！我不会当丫头，我一直做错事……奶奶呀！奶奶呀……"

"反了！反了！"罗老太太气坏了，"居然在我们罗家哭丧！冯妈，给我再重打！"

冯妈更重地挥着板子，小雨点的棉布裤子已绽开了花。雪珂忍无可忍，往前一冲，急急地喊："够了！够了！别再打了！娘！她这么小的一个孩子，怎么受得住啊？娘！我们是积善之家，不是吗？我们不会虐待小丫头的，不是吗……"

"格格！"翡翠惊喊。

来不及了，罗老太太的怒气已迅速蔓延到雪珂身上。她转过头来，锐利地盯着雪珂。

"你说什么？虐待小丫头？你有没有问题？这样偏袒一个丫头，你是何居心？看来，你对于下人，已经偏袒成习惯了？"

　　一句话夹枪带棒，打得雪珂心碎神伤。至刚斜眼看了雪珂一眼，是啊！这个让他一辈子抬不起头来的女人，在罗家待了八年，像一湖止水，就没看到她对什么人动过感情，这种时候，却忽然怜惜起一个小丫头来了？

　　"冯妈，家法给我！"

　　至刚大踏步跨上前，一把抢下了家法。

　　"至刚！"雪珂惊呼，"打小丫头，也劳你亲自动手吗？"

　　"如果她能劳你亲自袒护，就能劳我亲自动手！"

　　至刚怒吼一声，板子就重重地落下，一下又一下，他打的不是小雨点，是他对雪珂的怨，对雪珂的恨。小雨点痛得天昏地暗，哭得早已呜咽不能成声。雪珂不敢再说任何话，只怕多说一句，小雨点会更加受苦。但是，看着那家法一板一板地抽下，她的泪，竟无法控制地夺眶而出了。

　　"好了！够了！"终于，老太太说话了。

　　至刚丢下了板子。一回头，他看到雪珂的泪。

　　"跟我来！"他扭住雪珂的手臂，直拖到卧房，"你哭什么？"他恶狠狠地问。

　　"哭……"雪珂战栗了一下，"好可怜的小雨点，她莫名其妙，就代我……代我受罚！"

　　"你知道的！是吗？你就这样看透我！"至刚咬牙切

齿，伸手捏住雪珂的下巴，捏紧，再捏紧，他恨不得捏碎她，把她捏成粉末，"不要考验我，我不是圣人，你让我受的耻辱，我没有一天忘记过！总有一天，我会跟你算总账的，总有一天！"

雪珂被动地站着，什么话都不敢说。

这天晚上，小雨点昏昏沉沉醒来，只见到雪珂正用药膏为她涂抹伤口，她涂得那么细心，她的手指如此温柔而细腻，小雨点觉得，就是有再多的伤口，也没什么大关系了。上完了药，翡翠已拿来一床全新的被褥为小雨点轻轻盖上。雪珂拉着被角，细心地塞在小雨点身子四周，一边塞，一边对碧萝说："你要帮忙照顾着她，因为小雨点伤成这样，一定要趴着睡或侧着睡，别让她压着伤口，好不好？"

"是的，少奶奶，我会的！"碧萝应着。

雪珂凝视着小雨点，不知怎的，泪，又来了。

小雨点用胳膊撑起身子，十分震动地抬起一只手来，为雪珂拭着泪，她痴痴地看着雪珂，痴痴地说："少奶奶，你怎么对我这样好啊？刚才为我求情，现在又亲手为我上药，还给我一床新被子，还为我掉眼泪，我……我不过是个小丫头呀！"

雪珂无言以答，只感到心痛无比。那种心痛难以言喻，像是自己的心脏和神经，全被一只无形的大手捏着，捏得快要碎了。

第五章

这天是阴历十五。

每逢初一和十五，雪珂照例要去庙里上香。以前在北京时，她去香山，去卧佛寺，去碧云寺。现在到了承德，她最常去的是普宁寺。其实，去普宁寺是罗老太太的习惯，初一、十五也是罗家上香祈福的日子。对雪珂来说，任何庙宇代表的意义都一样，任何菩萨代表的意义也都一样。站在菩萨面前，她已不再为自己的未来祈祷，只为远在天边、音讯全无的亚蒙、孩子、周嬷祈祷：相思相见知何日？此恨绵绵无绝期。但愿人长久，千里共婵娟！

这天，三辆马车浩浩荡荡而来，罗家全家到了普宁寺。

寺前有一个大广场，场中照例有各种小贩在卖东西，有的卖香烛,有的卖捏面人,有的卖鞋子,有的卖风筝和日用品……庙前,总是满热闹的。来上香的达官贵人和善男信女,多半都扶老携幼,所以,男男女女、老老少少,几乎各种人等,都会在庙前来往穿梭。

这天,罗家大小到了普宁寺。这天,高寒主仆也到了普宁寺。

寺边,有一棵大树,高寒隐在那棵大树下,已经足足等了两个多时辰了。阿德骑着一辆脚踏车,在寺前寺后,广场上、偏殿上、马路上……各处巡逻。不时骑过来对高寒简报一下:"还没看到他们来,但是,他们一定会来的!我已经打听得清清楚楚,不会出错的!"

过了一会儿,阿德又骑过来,再三叮嘱:"少爷,见着了人,你可不能莽撞,先远远地瞧一瞧是怎么个情景再说,她身边一定跟着许多人,你可别打草惊蛇,弄得不可收拾!"

"阿德,"高寒压抑着,叹口气说,"你放心吧,我又不是三岁小孩,我知道轻重厉害的!今天,我什么都不会做,我只要先看看,王爷说她过着幸福快乐的日子,到底是真是假……"

"呵呵,少爷,"阿德看着高寒,摇摇头,"我对你还真有点不放心,你怎么可能看一眼,就知道人家是幸福还是不幸福!"

"会知道的!"高寒深深地呼吸着,眼光落在每一辆新到的车子上,搜寻着记忆中的身影,"我只要看一眼,我就能断定她在过怎样的日子……"他陡地一震。"来了!"他全身的神经都紧张起来,"来了!这三辆马车,一定就是了!"

第一辆车子停下,冯妈扶出了罗老太。

第二辆跟着停下,翡翠搀出了雪珂。

"翡翠!雪珂!"高寒低喊着,再也看不到其他下车的人了,他的眼光死死地盯着雪珂。雪珂,雪珂,这名字,在醒时梦里,都呼唤了千千万万次!这面庞,这眼睛,这身形……在每个记忆中,都如此鲜明。而现在,雪珂竟在眼前了!依然是秀发如云,依然是身材婀娜,依然是亭亭玉立,依然是眉眼盈盈……高寒的心狂跳着,手心里沁着冷汗,整个人往前扑着,似乎随时准备冲出去。

"少爷!"阿德警告地喊,低声说,"你就站在这儿别动,看着就好,千万别出去!罗家似乎全家出动了!"

一个小男孩,忽然对着树下飞奔而来。

"娘!娘!"玉麟喊着,"有个小猴儿!好可爱的小猴儿!我要小猴儿!"

嘉珊正在搀着老太上台阶。雪珂急忙追着玉麟过来。

"玉麟!"雪珂嚷着,"别乱跑呀!快回来,等会儿奶奶生气了!"

"不行不行!"玉麟直奔到树下,站在一个卖猴子的小贩面前，兴奋无比地嚷，"我要小猴儿！"

雪珂追到树下来了，一把牵住玉麟的手。

高寒差点从树后面栽了出去。

"原来，她已经有个儿子了！"高寒的手指深深嵌进树干的隙缝中去，"她和罗至刚的儿子！那么，她不会再眷恋那失去的女儿了！"他觉得心中隐隐作痛，情绪激动澎湃，简直不能自已。

"好了，别教奶奶等咱们！"雪珂要拉玉麟走。

"不要嘛，我要跟小猴儿玩！"

原来，树下有个年轻人，手里牵了只小猴子，肩上又坐着两只小猴子，正在那儿卖猴子。

"这位太太！"年轻人对雪珂笑嘻嘻地说，"给你的少爷买只小猴吧！小猴儿通人性，又会表演！来！给小少爷敬个礼，敬礼！敬礼！"年轻人把肩上的猴子一逗，那猴儿真的对玉麟敬了个礼。玉麟乐坏了，拍手直笑。

小猴儿见玉麟拍手，也拍起手来。

玉麟简直着迷了，缠着雪珂，直嚷直叫："给我买小猴儿嘛，不管不管，我要小猴儿嘛！"

雪珂回头望，老太太已经站定，对这边不耐地看过来。雪珂心一慌，拉着玉麟，急着想走。

"玉麟乖，你瞧奶奶生气了！"

年轻人急忙上前，笑嘻嘻地对雪珂一拦："别急着走哇！太太！你家少爷心地好，模样好，养只猴儿可以训练他的耐心，对他有百利而无害！何况，看你们这样子，也知道你家大富大贵，猴儿卖得便宜，只要十个铜板，买了吧！"

"对不起，"雪珂赔笑地看着年轻人，"我们家不能养小动物，小孩子不了解家里规矩，对不起……"

雪珂话未说完，老太、至刚、翡翠都已来到身边。翡翠一脸着急地喊："格格！"

"格格？"老太的声音高了八度，"什么时代了，还有格格？哪有格格如此轻浮，上香不进庙门儿，尽在庙外面蘑菇？这儿是有观音呢？还是有如来？"老太怒瞪着雪珂，"到罗家这么多年了，规矩还没学会吗？"

"娘……"雪珂声音哑了，眼中已迅速充泪。

至刚一步跨上前来，伸手就掐住了雪珂的胳臂，他那练过铁砂掌的手指和铁钳一样硬，紧紧地箍住了她。

"眼泪收回去！"他命令地低语，"你做出这副委屈样子要给谁看？一出门就削我面子，回家让我跟你好好算账！"至刚咬牙切齿，"走！"

雪珂脚步踉跄着，像一个被押解的囚犯，跟着大伙儿走往庙里去了。

高寒血脉偾张，激动万分，一回头就紧抓住了阿德，痛楚地喊出来："你认为这种样子，像是幸福和美满吗？阿德，我没办法对我所看到的一切置之不理！我要留下来，我要找出谜底，我要……救我的雪珂！"

雪珂这天的日子,是非常难受的。

一回到家里,老太太就把雪珂的左手往桌上一抛,那左手的小指上,自从断指之后,八年来都戴着一个纯金的指套。老太指着指套,疾言厉色地说:"不要以为已经受过教训,就可以一错再错!这个指套,难道还不能让你变得端庄起来吗?你看嘉珊,她虽是二房,也没有像你这样,和一个耍猴子的人也能有说有笑,眉来眼去!"

"娘……"雪珂颤抖着喊了一声,想解释。

"不要解释!"老太喝止,厌恶地看着雪珂,"你实在不配喊我娘!八年来,我们罗家一直容忍着你,没把你休了,是你的造化!你应该感激涕零才是!为了至刚的面子,我们把所有的羞辱都咽在肚子里,你自己该心里有数,我们对你的容忍和包涵!不要考验我们,不要惹我们,如果你再有一丁点儿差错,我们不是休了你,没那么便宜!我会让你……"老太从齿缝里挤出声音来,"度日如年的!听见了没有?"

"听见了!"雪珂含泪回答。

这天的罪,并没有受完,到了晚上,至刚拎着一壶酒,闯入了雪珂房里。

"雪珂!来陪我喝酒!"

雪珂走过去,默默地为至刚斟酒,翡翠忙着从厨房端来小菜,又忙着布碗布筷。

至刚斜睨着雪珂,眼神是阴郁而痛楚的。骤然间,他伸出手去,捏住了她的下巴。

"笑!"他命令地说,"对我笑!"

雪珂想挤出一个笑容,却挤出了一滴泪水。

"你!混账!"至刚把雪珂用力一推,雪珂撞上了床柱,差点跌到地下去,翡翠慌忙扶住,回头惊喊:"少爷!"

"你滚出去!"至刚抓住翡翠的肩,就往门外推,"出去!出去!哪有这样不识趣的丫头,杵在别人夫妻中间碍手碍脚!你再这样不懂事,我就把你送到吴将军府里去!看你长得还标致,说不定吴将军会把你赏给他手下的哪个亲信当姨太太!"

雪珂一惊,真的害怕。吴将军是段氏政府中的要员,驻守承德,经常去北京,声名赫赫。至刚虽已退出政坛,和吴将军却拜了把子,一起听戏,一起打猎,也一起做些生意。两年前,罗家有个丫头和一个小厮私奔,就是吴将军帮至刚追了回来,小厮被枪毙,丫头跳了井。至刚则指桑骂槐地对雪珂嚷:"我们罗家,一定祖坟葬得不好,怎么总出些丢人现眼的事!以后无论有谁不规矩,绝对逃不出我的手掌心!"

雪珂怕吴将军,承德人人怕吴将军,翡翠也怕。对雪珂无助地看了一眼,翡翠只好怀着一颗不安的心,匆匆离去。

翡翠一走，至刚就闩上了房门。

"雪珂，到床上去！"他简单明了地说。

雪珂再也压制不住自己的难堪，她挺了挺胸："我不要！"

"你说什么？"至刚大声问，气得发抖，"你是我的太太，不是吗？你却冷冰冰的像一个冰柱！你身上没热气吗？你却有热气为别人赴汤蹈火！我真想撕裂你，撕开你，看看你这个冷漠的皮囊里，包藏着怎样的一颗心……"他纠缠着她，伸手去拉她胸前的衣服。

"至刚！"雪珂一闪，闪开了他，伸出双手去，她握住了他那狂暴的手，哀恳地说，"八年了！至刚，我们这种彼此折磨的生活，已经过了八年了！你是这样一个外表英俊，内心善良，带着豪爽之气，侠气之心的人，你为什么苦苦和我过不去？你已经有嘉珊了，有玉麟了，等于有个好幸福的家庭了！你就把这个不完美的我，给丢在一边冷冻起来，让我去自生自灭吧！"

"这就是你的期望？"至刚盯着雪珂，声音里夹带着深沉的痛楚和强烈嫉妒，"你不必用那些冠冕堂皇的字句来形容我！我既不善良也不豪爽，我小器，我自私，我虚荣，我嫉妒……我恨你！"他摇撼着她，疯狂般地摇撼着她，大吼大叫着，"从新婚之夜开始，你就期望我把你冷冻！别的妻子对丈夫唯命是从，巴结讨好，生怕不得宠，你呢？却生怕会得宠！你怎么可以这样羞辱一个做丈夫的心？践踏一个男人的自尊？我恨你！但是，我不让你平静，我也不给你安宁，我更不许你去自生自灭，我就是要折磨你……"

"不！不要！"雪珂凄然地大喊，"你放了我吧！你饶了我吧！"

雪珂想夺门而逃，至刚把她捉了回来，两人开始拉扯挣扎，各喊各的。酒壶酒杯在拉扯中翻落地上，乒乒乓乓碎了一地。

同一时间，小雨点抱着一摞干净且折好的被单，沿着回廊走向雪珂的卧房，嘴里还在喃喃背诵："冯妈交代的，第一件事，给少奶奶送被单，然后第二件事，去二姨太房里收换洗的衣裳，第三件事，去问老太太吃什么宵夜，第四……"

小雨点突然站住了，听到雪珂房里惊天动地的声响，又一眼看到翡翠站在门外直发抖。小雨点大惊失色，惊慌地问："是谁……在欺侮少奶奶呀！"

才问完，她又听到雪珂一声尖叫："不要碰我！请你饶了我，饶了我……"

小雨点不假思索，就跑过去把房门一把推开，翡翠忙奔过来要阻止，已经来不及了，小雨点跑了进去，慌慌张张地喊着："少奶奶！你怎么了？是谁……"

至刚回头看，目眦尽裂。

"又是你这个臭丫头！"至刚一挥手，给了小雨点一耳光,小雨点往后翻跌,被单落了一地,她小小的身子,摔落在后面的翡翠身上。

这一阵大闹,终于把老太太和嘉珊都惊动了。老太太只看了一眼,心中已经有数,对雪珂不屑地轻哼了一声,她抬头看着至刚,责备地说:"什么事值得你这样大呼小叫,闹得全家不宁?"

嘉珊奔过来,急忙用小手绢给至刚擦汗,拉着他的胳臂,赔笑地说:"好了!好了!我让香菱重新烫一壶酒来,陪你好好地喝两杯!走吧!"

嘉珊拉着至刚走了。老太太死瞪着雪珂。

"不要敬酒不吃吃罚酒!"老太太的声音坚硬如寒冰,"咱们走着瞧!"一转身,老太太也走了。

雪珂惊魂甫定,和翡翠两人都奔过去检查小雨点。

"小雨点,伤到了没有?前几天挨打还没好,又摔这么一跤,快起来给我看看!"雪珂说,去扶小雨点。

小雨点呆呆地坐在地上,瞪视着一地的被单,不言也不语。

"小雨点,"翡翠不禁怔了怔,"怎么不说话?是不是吓傻了?少奶奶在问你话呢!"

小雨点这才抬头,怯怯地看着两人,脸上挂下两行泪珠。"我完了!"她小小声地说,"我弄脏了被单,回去冯妈一定要打我的!"

雪珂心中一痛,深深地看了小雨点一眼,就一把把她紧搂在怀中。

"原来，冯妈常常打你，是不是？"她说，怜惜地摸着小雨点的头，"你奶奶真是选错了人家呀！承德几千几百户人家，她怎么会偏偏把你送到罗家来？"

第六章

十天后,在承德的清风街新开了一家店,是个二层楼的、古雅的小楼房,里面卖的是古董、玉器、字画、摆饰、印鉴……各种五花八门的小玩意儿。店里的摆设雅致清爽,颇具匠心。店的名字,也很风雅脱俗,名叫"寒玉楼"。

转眼间,到了初一,又是罗家去普宁寺上香的日子。

有了上次的教训,这次雪珂紧跟在罗老太太身边,寸步不离,目不斜视。上完香,祈完福,广场上有些什么小贩行人,她全都不知道。出了庙门,先把老太太扶上第一辆车,她和翡翠才往第二辆车走去。刚举步,有个小伙子骑了辆自行车,从坡道上往下滑,大概是刹车坏了还是怎么的,车子直冲过来,撞上了翡翠。

"哎哟!"翡翠轻喊着。

"对不起,对不起!"小伙子直鞠躬,伸手去搀翡翠,闪电般地,已在翡翠手中塞了个小纸条,一面低声说了句,"给格格,要紧要紧。"

骑上车子,小伙子飞一般地去了。

"怎样?翡翠?"雪珂关心地问,"有没有撞着哪儿?伤了哪儿?"

"没……没……没事!"翡翠结舌地说,眼光追着小伙子,却已人迹杳然,"咱们上车,快走吧!"

回到罗府,雪珂才进卧室,翡翠已急忙关门关窗子。雪珂诧异地看着翡翠,这丫头怎么了?自从庙门口撞了一下,就魂不守舍,脸色苍白。

"怎么了?"她不解地问。

"格格呀!"翡翠低声说,"你瞧这是什么?"

翡翠摊开手掌,掌心里躺着一个打着万字结的纸条,被翡翠握得那么紧,万字结都歪曲了。

"哪儿来的?"雪珂的心脏怦然一跳,感染了翡翠的紧张。

"就是撞我的那个小伙子呀,他塞给我的,还对我说:'给格格,要紧要紧。'"

雪珂的心脏又狂跳了两下,迅速地,她取过那纸条。万字结!好熟悉的打法,以前悄悄给亚蒙写信,总是打个万字结。那时,见一次面好难,也要等到上香,或是跟周嬷上街的时候才见得着,见了面,彼此一定交换一个万字结……可能吗？雪珂的手颤抖着，呼吸急促而不稳定，心怦怦地跳个不停……好不容易，总算打开了那张纸条，只见上面写着几个大字：

寒玉楼
承德清风街十五号

她怔忡着，翡翠小声说："后面还有字！"
雪珂把纸条一翻，只见上面写着：

小店有洁白美玉一只，冒昧恳请夫人前来一观！

雪珂整个人惊呆了，抬起头来，她的两眼绽放着光芒，脸色苍白如纸，却在那闪亮的眸子映照下出奇地美。翡翠好多年都没有在雪珂脸上看到过这样的光彩。雪珂一手攥紧了纸条，一手抓紧了翡翠。

"他来了！"她低低地、急促地说，"他在承德，他就在这个寒玉楼里。雪中之玉，必能耐寒！这是他对我说的最后一句话！这是他的字迹，他的万字结，他的寒玉楼！……他来了！"她越来越激动，越来越确信。"翡翠，"她眼光狂热，声音迫切，"你要想法子，让我出罗家的大门……让我去见他一面！你要想法子，因为我不能等,我恨不得现在就插翅飞去呀!"

雪珂虽然不能等,她却非等不可。翡翠在罗家,比雪珂更没有分量,她挖空了心机,也想不出怎样可以安排出理由,让雪珂出门一趟。但是,雪珂出不了门,她却可以出门,罗家的一些杂事,买针线、买零食、打油、打醋,以及柴米油盐……翡翠往往是冯妈的下手。以前,深恨冯妈差遣她出门办事,现在却巴不得冯妈差遣她去办事。终于机会来了,家里的肥皂用完了,翡翠自动自发地出门去买。一出了罗家大门,她就直奔清风街寒玉楼。

来接待她的,正是撞她的小伙子。

"翡翠姐,"阿德笑嘻嘻地喊,"我名叫阿德,我家少爷在楼上!"

"你家少爷?"翡翠有点迷糊。亚蒙什么时候变成少爷了?这之中有无差错?是不是雪珂一厢情愿认错了人?

带着满腔的狐疑,翡翠上了楼。

于是,翡翠见着了一别九年的顾亚蒙!

回到罗家,翡翠兴冲冲从大门一路嚷进来:"格格,我遇见舅老爷了!他从北京来度假,住在山庄里,他说,赶明儿要到罗府里来拜见老太太呢!"

"哼!"罗老太哼了一声,舅老爷?她打心眼儿里讨厌那位舅老爷!以前是皇亲国戚,现在已经不值钱了!偏有那种舅老爷,总以为自己的地位永远不变,抓着人就只会谈当年之勇。

"转告舅老爷,他难得度假,不必客套了!"

"哦?"翡翠一呆,那"碰了一鼻子灰"的"蠢相"使老太太暗中得意。"那……"翡翠为难了,"格格,"她求救似的看着一脸茫然和焦灼的雪珂,"赶明儿,我陪你去见舅老爷吧!"

"对啊!"老太太吸着水烟管,呼噜呼噜的,"见着舅老爷,就说至刚忙,也没时间去拜见了!"

"哦!"雪珂好半晌,才应出一个字来。

翡翠偷窥了雪珂一眼,主仆二人好不容易才抽身回到卧房里。

一关上房门,翡翠就一把抓住雪珂,急切地说:"我见到亚蒙少爷了!他现在换了一个名字,叫作高寒,寒玉楼就是他开的,为格格而开的!原来,他七年前就逃出了喀拉村,在陕西境内遇到了一位贵人,是福建来的高老爷,两人谈得一投机,高老爷就收了亚蒙少爷当义子,改名叫高寒。把他带到福建,做起古玩玉器的生意来……这样一待就是七年,亚蒙少爷一直不肯成亲,还对格格念念不忘,所以,高老爷就派了他的徒儿阿德,保护亚蒙少爷来北京寻亲,那徒儿,就是昨天在普宁寺门口撞了我的小伙子!"

翡翠太兴奋了,说得七颠八倒毫无章法。雪珂却听得眼睛都直了,声音都哑了:"果然……果然是亚蒙?"

她只问重点。

"是，是，是！"翡翠一迭连声答。

"那，那……我怎样才能出去？"雪珂满屋子打转。

"所以，所以……"翡翠咽着口水，从没做过这么大胆的事，喉咙都干了，"你要去见舅老爷呀！明儿一早，我就陪你去见舅老爷呀！"

雪珂瞪着翡翠，好丫头！她没办法再细想了，满脑子都是亚蒙，他来了！他真的来了！他真的来了！亚蒙，亚蒙，她心中千回百转地喊着，只要再见你一面，我这一生，死而无憾了！

终于，雪珂和高寒，面对面地站在寒玉楼的楼上了。

寒玉楼关起了店门，阿德泡了一壶好茶，和翡翠在楼下品茶。让雪珂和高寒，一叙九年来别后种种。

高寒目不转睛地望着雪珂，雪珂也目不转睛地望着高寒。两人的目光，就这样痴痴地、痴痴地纠缠在一起，两人心中，都有千言万语，但是，此时此刻，却谁都开不了口。"从别后，忆相逢，几回魂梦与君同。今宵剩把银釭照，犹恐相逢是梦中！"真的，犹恐相逢是梦中！谁都害怕，一开口就把这个梦惊醒了。

时间不知道过去了多久，雪珂的脸上，挂下了两行泪珠。

这泪，使高寒喉中哽着，眼眶发热，男儿有泪不轻弹,只是未到伤心处!在新疆,面对狱卒的鞭打,在流亡的岁月里,面对饥寒冻馁,多少悲痛与无助的时刻,高寒从未下过泪,可是,此时此刻,泪却夺眶而出了。

雪珂看着高寒的泪,再也忍不住,她往前一冲。

情不自禁地,两人就这样拥抱在一起了。

许久许久,两人才抬起满是泪痕的脸孔,透过泪雾,打量着对方。雪珂抬起左手去揩拭泪水,面前的亚蒙是这样仪表堂堂,英俊儒雅啊!比起九年前,却更有动人心处!

她这一抬手,高寒触目所及,是那金指套!他浑身一震,握住了这只手,他紧盯着这指套,颤声说:"雪珂,你对我如此情深义重,新婚之夜竟然和盘托出,不惜自毁婚姻,还被迫自残……"

"这都是许多年前的旧事了,你何必……"

"不!对我不是!"高寒激动万分地说,"许许多多事情,我昨天才从翡翠嘴里得知,断指不过是不幸的开始!之后,你的丈夫和婆婆便百般折磨你,虐待你!雪珂,八年来你所受的痛苦和委屈,我虽无法尽数皆知,但是,光听翡翠陈述几件事,我已经受不了!你这一切全是为了我,可是你在受苦的时候,我却不能保护你!这……使我心里……加倍加倍地痛啊!"

雪珂听着这样的话,九年后,还能听到亚蒙这样体恤的话!血没有白流,泪没有白流。

"雪中之玉，必能耐寒！"她低低地、热切地说，"你对我有这样的期许，我自当熬过冰雪和酷寒！今天能够再见一面，所有的等待和艰苦，都已经值得了！"

"所有的等待和艰苦，都已经结束了！"高寒有力地说，"我终于又找到了你，我们要重新开始，让我来补偿你，回报你……"

"你在说些什么，"雪珂心慌起来，"我不要你补偿和回报，能再见一面，我已心满意足……"

"哦，你不能！"高寒激烈地喊，"再见一面，才让我们了解彼此爱得有多深，有多强烈，有多持久……带着这样强烈的感情，你怎能回到另一个男人的身边？"他双手握住她的双臂，稳定着她的身子，看进她眼睛深处去，"听我说，上个月十五，我在普宁寺偷偷见了你，当时，我误以为那个小男孩是你的儿子，即使如此，我都没有放弃重新争取你的决心！昨天我听翡翠说，才知道那是二房所生的孩子，你八年来并无所出，那么，你对罗家，应该是无牵无挂了！"

"可是……"雪珂惭愧地说，"八年来，我也未能为你守身如玉啊！"

高寒震动地抱紧了雪珂。

"我若是心里还计较着这个，我就简直不是人！"他再看雪珂，心神俱碎，"雪珂，你是我今生唯一的妻子呀！我——要——你——回——到——我——身——

边——来！"

"不！不！不！"雪珂惊慌地喊着，"我们今天能再见一面，已是上天的恩宠，我们不要太贪心！你现在已有义父视你如己出，又将传你家业，你就应该知福惜福，好好报答人家，你应该忘掉我，娶妻生子，为自己开创一个崭新的人生，一个属于高寒的新生命……"

"我已经有妻子有孩子了！"高寒固执地说，"我不需要什么新生命，我要的，是找回我生命中所失去的一切。"

"那一切再也找不回来了呀！现在的我，是罗家的媳妇儿，我们都改变不了这个事实……"

"雪珂！"高寒握紧了她的手，深刻地说，"世界上没有'无法改变'的事，满清都可以变民国呢！问题是我们彼此的决心！难道你不想和我，和我娘，还有我们的女儿，一家团聚吗？"

"女儿？"雪珂太震动了，"你怎么知道是个女儿？"

"你娘亲口告诉我的！我去过王府，见过你父母，我除了找寻你，也要追回我的亲骨肉啊！"

"我娘亲口说的？"雪珂抬头，双眼灼热地闪着光，语音急促而颤抖，"是个女儿？是个女儿？"

"是的！你娘说，她粉妆玉琢的，一出生就会笑！"

"她现在在哪里？在哪里？"

"你娘把她交给了我娘，又给了盘缠，让她们去喀拉村找我……"

"所以，"雪珂迫不及待地打断，"你们母子、父女都已经团聚在一起了？"

"没有！"高寒凄然说，"我想，我们是在路上错过了！或者，我娘始终没找到什么喀拉村，那本就是个荒凉无比的山区。找不到我，娘也不敢回北京，你知道她，对改朝换代这回事弄不清楚，她怕王爷怕得要死……"

"这么说，孩子跟着周嬷，已经下落不明？"雪珂尖声问，整颗心都扭成一团。

"你别急，"高寒安慰地紧握了她一下，"我想，有一点足以让我们安慰的，是她一定会得到妥善的照顾，我娘会全心全意来疼她来爱她的！所以……不管她们流落在什么地方，我们那女儿……一定活得很好！"

雪珂怔着。在一日之间，重新见到亚蒙，又知道以前的孩子是个女儿，再知道女儿跟了周嬷，而今又下落不明……这种种，实在让人太震撼了！其中的大悲大喜，几乎不是她所能承受的了。脑中的思绪，在一瞬间已混乱如麻，简直不知从何整理才好。

"亚蒙，亚蒙……"她终于又有力气说话了。

"是。"

"去找孩子！去找你娘！"她急促地说，"放掉我，不要再管我了！如果你对我还有一份情，用到孩子身上去！我求求你……"她的泪又涌了上来，"那孩子，从出生到现在,八岁了!没见过爹,没见过娘……虽有个奶奶,毕竟不能取代爹娘的位置,好可怜的孩子!你,但凡还有一些儿爱我,你就赶快去寻访那祖孙两个!"

"我答应你,我答应你,"高寒一迭连声地说,"我去找寻她们,但是,你和我一起去!"

"亚蒙!"她惊喊,"你根本不了解我现在的处境,是吗?"

"至少,想一想!"他迫切地说,"除非……"

"除非什么?"

"除非——你对他已有了感情,毕竟做了八年夫妻!"

"亚蒙!"她再惊喊。

啪的一声,他重重甩了自己一耳光。

"你干吗?"她去抓他的手。

"应该不嫉妒,应该不要说这句话,应该连想都不要想,应该……"他回身,一拳用力地捶在窗棂上,"去他的应该这个应该那个!"他再回身,眼睛红红的,"想到你马上要从我这儿,回到他身边,我就嫉妒得快发狂了!这种情绪下,你教我怎能丢下你,去找孩子?"

"亚蒙!"她再喊一声,投入了他的怀里,简直柔肠百结,寸寸皆碎了。

雪珂第二次溜到寒玉楼,是趁罗家全家老少都去看戏的时候,她悄悄地和翡翠两个,披着暗绿色的斗篷,就从后门溜出去了。她只有一个时辰可以耽搁,因而见了高寒，她立刻就说要点："我已经想过几百次几千次，要我跟你一起走，那是绝不可能的事！九年前，我可以和你私奔，那是因为我认定你是我的丈夫……"

"现在，你已经不认我这个丈夫了？"高寒憋着气说，"现在，你认定的是另一个丈夫了？"

"亚蒙，请你讲讲理好不好？"雪珂悲喊着，"以前，我父亲是个王爷，有权有势有人马，我们逃不掉！现在，至刚和那吴将军是拜把兄弟，照样有权有势有人马！两年前家里的丫头莲儿私奔，还是被捉了回来……时代虽然变了，有很多人情世故，仍然不变！这个社会，对于不贞不洁的女人，观念也仍然不变！亚蒙……"

她哀声说："私奔这回事，我做过一次，再没勇气做第二次了！"

"听我说！"他抓住她的双肩，语气激烈，"我们不私奔，我们去找那个罗至刚，晓以大义！他也是读书人，他也知道你和我成亲在前……"

"不！"雪珂恐惧地退后一步，紧盯着高寒，"你不了解至刚，他不会放了我的！你的存在，是我全身洗刷不掉的污点，是他这辈子最深刻的耻辱，你如果出现，他会杀了你的！"

"雪珂，"高寒挺了挺背脊，"如果怕死，我今天也不会来承德了！"

"好，好，你不怕死！"雪珂忍着泪，哽咽地说，"但是，我怕！我好怕好怕你会死，现在，已经不是为了我怕，而是为了我们那苦命的孩子而怕！"她捉住他的衣襟，哀求地拉扯着，"亚蒙，我们都是成年人了，不要再做不成熟的事！请你想想我们那失踪的孩子，就算你不想她，也请你想想你的老娘吧！那周嬷，她今年都已经五十好几了……"

"五十四岁！"高寒忍不住泪流满面，"明天，就是她老人家五十四岁的生日，你忘了？"

雪珂一怔。确实忘了。在罗家，每天面对的日子都像打仗，怎么会记住周嬷的生日！雪珂心中恻然，那周嬷，算来也是她的婆婆呢！罗老太太每年过寿，她三跪九叩行礼如仪，家里张灯结彩贺客盈门。而周嬷的生日，她却给忘了！

"哦！明天是她老人家的生日！"雪珂悲凉地说，"我一定要在房里，给她遥遥地磕个头，祝她老人家长命百岁！"她蓦地仰起头来，更哀切地恳求着，"你瞧！你娘已经五十四岁了，带着一个小女孩儿，她怎样谋生？怎样过活呀？也许她们祖孙两个相依为命，正到了山穷水尽的地步，也许她们正遇到什么困难，却叫天不应叫地不灵……而我们两个，还坐在这里空谈！我们这样麻木不仁，还算是为人子和为人父母的吗？"

"好了！好了！你不要激动。"高寒握紧了雪珂，"你要我怎么做，我听你的，行吗？"

"去找周嬷去！去找孩子去！"

"雪珂啊，你以为我不想找她们吗？但是中国这么大，你让我从何找起？本以为你会有她们的消息……我娘，怎会不设法跟你联络呢？连你都没线索，我要去找她们，真像大海捞针一样难啊！"

"你可以从北京开始，一路找到新疆去……"

"对！你这个想法，和我一样……"

"那么，你还犹豫什么！"她大喊着，"你去吧！马上去吧！求求你去吧！"她摇撼他，一迭连声地喊，"求求你，求求你，求求你……"

高寒凝视着雪珂，终于点下了头。

雪珂一个激动，泪水又滚落了面颊。高寒痛楚地把雪珂一搂，雪珂的泪从他的肩胛，一直烫到他的五脏去，烫得整个心胸，无一处不痛。

"不过，答应我一件事！"他哑声说。

"什么？"她哽咽地问。

"如果我找着找着，还没找到结果，就又突然跑回承德来，请不要生气！毕竟，我娘和孩子下落不明。而我那生死相随、天地为证的妻子，却在承德呀！"

雪珂的泪，更加汹涌而出，一发不止了。

第七章

在罗家的后院,还保存着一个古老的磨坊。老太太喜欢吃自己家磨出来的豆浆,自己家做的豆腐。所以,小雨点和碧萝,这些日子以来,常常彻夜在磨坊磨豆子。那石磨是相当沉重的,两个孩子必须把身子整个挂在横杠上,才能用本身的重量,推着那石磨往前转动。

这晚,两个孩子又在磨豆子,小雨点看来神思恍惚。

"碧萝姐姐,"她忽然抬起头来问,"咱们若是想出去,该怎么办呀?"

"出去?不可能的!"碧萝诧异地说,"除非是像今儿个出去看戏,就会带绿姐、蓝姐去伺候茶水,不然,就是派出去买东西……那都是大姐姐们才有的份儿,轮不到咱们头上!"

"那……"小雨点急了起来,"那我都不能去看奶奶了吗？明儿是我奶奶的生日呀！以前奶奶过生日，我都会剪寿字图给她，我们一起吃蛋、吃面，现在她不在了，我想把寿字图和面线，摆在她坟前给她……"

碧萝一呆。"唉，你想想就算了！要不然就在咱们房里摆一摆吧！你要出罗家大门，是不可能的事！"

小雨点直起腰来，石磨也跟着停了。她想了想，忽然往磨坊外面就飞奔而去。

"我去求冯妈去！"

"哎，小雨点！小雨点！别找骂挨呀……"碧萝眼看小雨点已跑得无踪无影，慌忙跟着跑出去。

果然，冯妈气得直眉瞪眼。

"上坟？你当你是千金小姐，还是怎的？又不是清明，又不是七月半，你好端端要上坟？不许去！"

"可是，"小雨点急急地说，"明儿是我奶奶的生日……"

"死人还过什么生日！"

"冯妈，求求你让我去，我很快就回来嘛！你交代给我的工作，我一定做完，我还加倍做……"

"不许就是不许！"冯妈厉声说，"你们两个，豆子磨完没有？赶快给我滚回磨坊里去！"冯妈伸出指头，对着小雨点头上就是一戳，"你这个小脑袋，一脑袋歪主意，想溜出去玩，门都没有！"

小雨点噙着满眼眶的泪，回到磨坊，拼命推着那沉重的石磨，磨子发出咕噜咕噜的声响，每一声都像是无奈的叹息。

第二天上午，罗府发生了一件大事，小雨点逃跑了。

罗老太震怒，坐在大厅内，把所有丫头仆人都叫出来骂，连雪珂、嘉珊、翡翠都侍立一旁听训。幸好至刚一早就出去了，没有参与这场审问。冯妈首当其冲，被老太指着鼻子骂个没停："你怎么带人，怎么教人的？一个小丫头你都管不了？你还能做什么？"

"老太太！"冯妈垮着脸，急急申辩着，"不是我不会带人，是小雨点太顽劣了！她不比其他丫头，都来自清清白白的人家，她没爹没娘教她规矩，是老太太可怜她，才收容下来的！打从一进门，她就不肯听话，大祸小祸不知闯了多少，我为了管教她，少不得打打骂骂，谁知她就逃跑了……"

"丢了一个小丫头没关系，"老太气得脸发青，"可是想想看，这丫头跑出去，会说咱们家多少坏话，欺侮她、打她、骂她、虐待她……传出去咱们罗家还做人吗？老闵，你给我派人去把她给追回来！"

"是！"老闵行了个礼，转身就要走。

"回来回来！"老太喊，"你没门没路的到哪儿去找？那孩子在承德还有家人亲戚吗？"

碧萝再也忍不住了，往前面一跪。

"老太太，"碧萝急切地说，"我想小雨点没有逃走，她只是去给她的奶奶上坟去了!"

"上坟?"老太太惊讶极了,瞪着碧萝。

"是啊!小雨点昨晚哭了一夜,剪了好多寿字图,面线也没有,她不敢去厨房里拿,怕冯妈骂她。昨天,她也求过冯妈,让她去上坟,因为今天,是她奶奶的生日呀!"

哐啷一声,雪珂手中的茶杯落地,砸成粉碎。

老太回头,怒瞪雪珂一眼。

"你怎么了?"

"是,是,是我不好,"翡翠急忙说,弯腰去拾茶杯碎片,"茶杯太烫,太烫……"

雪珂什么都听不见了。小雨点去上奶奶的坟,因为今天是奶奶的生日,天哪!小雨点,小雨点,小雨点……今年八岁,没爹没娘,只有一个奶奶!承德有几千几百户人家,却偏偏送进罗家来!天哪,小雨点,小雨点,小雨点……

老太太顾不得雪珂,又掉头去审冯妈。

"有没有这回事?"

"有的!"冯妈低下头去。

"谁知道她那个奶奶葬在什么地方?"

老闵挺身而出:"我知道,是在西郊的乱葬岗里。"

"你赶快去把她追回来!"

"是!"

雪珂忽然听见了,眼光直直地往前一追:"我也去!"

老太太眉头一皱,看着雪珂。雪珂的脸色,苍白如纸,整个人瘦骨伶仃,似乎风吹一吹就会倒。这样的女人,像个幽灵,真弄不懂至刚为什么不休了她。嫁到罗家八年来,对什么事都不关心,只有对这个小丫头,喜欢得厉害。或者,因为她自己没有孩子吧!是的,她对玉麟,也是疼得厉害。老天为了惩罚这个女人的不贞,所以,不给她一男半女!她生命中,必然也有缺陷吧!老太这么一想,心中竟掠过一丝悲悯之情。虽然追一个小丫头,实在犯不着劳师动众,但雪珂自告奋勇要去,就让她去吧!

"翡翠,你跟着去!如果她真在上坟,带回来就是了!不必过责,总算她是一番孝心!如果是跑了,给我一路寻访一下,去那个什么客栈问问,想办法追回来!"

"是!"翡翠忙不迭地点头,忙不迭地追着雪珂而去。

上了马车,老闵才发动了车子,雪珂就一把握紧了翡翠的手,握得那么紧,把翡翠都握痛了。雪珂眼里,有焦灼,有期待,有惶恐,有渴望……有泪。翡翠对雪珂悄然摇头,指指马车上的老闵。雪珂的牙齿咬住了下嘴唇,要克制自己,要克制自己……她拼命地咬住嘴唇,手指掐进了翡翠的手心里。

车子停在乱葬岗,雪珂和翡翠跳下车来。

乱葬岗到处都是无主的孤坟,天际秋云密布,地上落叶乱飘。雪珂一抬眼,就看到乱坟深处,小雨点孤独的身影正跪在一堆黄土之前。她那小小的个子,在那绵延无尽的山峰与乱冢间,显得那么渺小,那么凄凉。雪珂的心脏,一下子就收紧了,收成了一团,说不出来的痛。

"老闵!你在这儿等着,我和翡翠去劝她!"雪珂命令地说。

到罗家以来,这是第一次,对老闵用了命令的语气。

老闵点头。

雪珂和翡翠,一脚高一脚低地直奔小雨点而来。

雪珂触目所及,是墓碑上那潦草的四个字:"周氏之墓"。

"啊!"雪珂悲呼一声,两腿一软,双膝点地。翡翠眼中一热,泪水盈眶,跟着也跪下去了。

"少奶奶!翡翠姐姐!"小雨点惊呼着,不胜惶恐之至,回过身子,呆望着雪珂,"对不起,对不起,对不起,"她一迭连声地说,"我一定要来给奶奶上坟,跟她说说话,我有好多好多话,一定一定要告诉奶奶,对不起,害你们来找我!"

雪珂眼睛一眨也不眨地盯着小雨点,那两道清楚的眉毛,那挺直的鼻梁,那眼神儿,分明就是亚蒙第二!怎么自己竟看不出来?那嘴巴和脸庞,竟是自己的缩影啊!小雨点!小雨点!她心中疯狂般地大喊:我那苦命的孩子啊!伸出手去,她颤抖地握住小雨点的肩,激动

89

得不能自已。

"少奶奶,你怎么了?"小雨点不解地问,有些害怕,"你生我的气了?"

"不不不!"雪珂哑着嗓子,凄楚至极,"我不生你的气,我生我自己的气!小雨点,请你好好告诉我,你奶奶有没有跟你说过,你的爹呢?你的娘呢?"

"我娘……死了!"小雨点有点犹豫地说,"我爹,他在新疆采矿,新疆好远好远,我还是个小娃娃的时候,奶奶就带着我去新疆找我爹,可是没找着,然后,我们就一直找一直找,到过许许多多地方,都没找到,后来,奶奶病了,就为了给奶奶治病,我才卖进来当丫头,现在奶奶走了,我也再不能去找我爹了!"小雨点说着,泪水就滚落面颊。

雪珂的手更加颤抖了,声音更加沙哑了:"小雨点,你的生日呢?是几月几号?"

"是六月初十!"小雨点冲口而出,"奶奶说,我娘生我那天,正在下雨,奶奶抱着我,看到满湖里都是小雨点,就说,取个容易带的名字吧,就叫我小雨点!"

翡翠用手蒙着嘴,情不自禁,哭出声音来。往周嬷嬷坟前移了两步,她虔诚地磕下头去。

雪珂则一把紧拥住小雨点,泪珠疯狂般地滚落,她语无伦次地、一迭连声地说:"好了!好了!现在你到我身边了!我的小雨点!你的奶奶……她用心良苦!在她去世以前，原来，原来……做了这么周到的安排！老天哪！"她推开小雨点，也对周嬷磕下头去。周嬷周嬷，我们母女已经团圆，你在九泉之下请安息吧！

小雨点十分困惑地看着雪珂和翡翠，吸了吸鼻子，她太感动了。小小声地，她说："你们都给我奶奶磕头呀？为什么呢？"

"因为，"翡翠站起身来，首先稳定了自己，认真地说，"你奶奶，是世界上最伟大的奶奶，我们和你一样尊敬她、爱她！"

小雨点严肃地点点头，接受了这个理由。回头，对周嬷的坟低声说："奶奶，有这么多人来看你，你一定很高兴吧！"

雪珂忽然从地上直跳起来，紧张地抓住翡翠。

"老天啊！不知道亚蒙出发了没？咱们得赶紧带她去寒玉楼呀……"

翡翠大惊失色，立刻用力扯住了雪珂。

"我们要赶紧回罗家去！老闵在看着，老太太在等着……小雨点是罗府的丫头，你是少奶奶！什么都没改变！走！我们赶快回去，你镇定一点……唯有你镇定，我们才能从长计议！格格呀……"她低喊着，"别害了小雨点，别害了……寒玉楼的主人呀！"

雪珂泪盈盈，无言以对。

小雨点望着都成了泪人儿的雪珂与翡翠，困惑极了，怯生生地说:"你们不要哭了嘛!我不是故意犯错的,现在给奶奶过完了生日,回去受罚,我也甘愿了!"

"不不不!"雪珂激动地喊,"再也没人能罚你,我再也不让任何人来动你!我不许!不许!"

"格格,"翡翠忧心忡忡地说,"你这样子,怎么回去呢?"她抬头看看,深深地抽了一口气,"老闵过来了!我们快走吧!"

一回到家里,冯妈就气冲冲地冲上来。

"你好哇!可给逮回来了!"

冯妈说着,就要伸手。雪珂一步向前,护住小雨点,厉声说:"站开!不许碰她!"

冯妈顿然站住,一脸的错愕。

翡翠赶紧对小雨点说:"还不快去给老太太跪下!"

小雨点立刻上前,对老太太一跪,发着抖说:"老太太,我回来了!"

老太太沉着脸哼了一声,望着雪珂问:"是怎么个情形?"

雪珂的一双眼睛,直是盯着小雨点,看到她颤巍巍跪在那儿,她恨不能去扶起她来。老太太的问话,她几乎都没有听到。翡翠一急,上前了一步:"老太太!小雨点真的是去了她奶奶的坟前,她根本没有逃跑的意思,请老太太体恤她一片孝心,从宽发落!"

老太太听了,虽然心中一动,也有了恻隐之心,但却仍然紧绷着脸，严厉地说："不管什么原因，没有得到允许便私自出门，就是不对！小雨点，你是个丫头，丫头就要有丫头的分寸，你上头还有主子呢！你是罗家花钱买来的，咱们供你吃穿用度，你就要听咱们的使唤，不可以随心所欲，要干什么就干什么！你懂吗？丫头有丫头的规矩，这是你的命！你要认命，守好一个做丫头的本分，你懂吗？"

小雨点跪在那儿，不住地点头。

雪珂站在那儿，却心神俱碎了。

"冯妈，"老太太说，"把小雨点带下去！叫她赶快干活儿！"

"是！"冯妈拖起小雨点，就沿着回廊，一路拉走了。雪珂的眼光，紧紧地追着小雨点，觉得自己整颗心，也被冯妈一路拖走了。

回到了雪珂的卧室，翡翠又忙着关门关窗户。

"格格，你神志集中一点，醒一醒，咱们真的要好好谈一谈！"翡翠着急地说。

雪珂抬起头，热切地看着翡翠。

"你快点去！去把小雨点找来！就说我有活儿要给她干，我不能让她待在冯妈那儿，说不定她又会打她、拧她、折腾她……快去，快去呀……"

"格格！"翡翠一把握住了雪珂的手，急切地说，"你冷静下来好不好？"

"冷静?"雪珂抬高了声音,"你怎么可以叫我冷静?原来小雨点,她是我的女儿,我的亲骨肉……"

翡翠吓得脸孔刷白刷白,扑上去,她飞快地用手蒙住雪珂的嘴。雪珂一惊,接触到翡翠警告的眼神,感到她蒙住自己的那只手冰冷冰冷的,她蓦然醒觉了过来。

"格格,"翡翠低声说,"刚刚这句话,只有你知我知,在罗家屋檐下,你是绝对不许再说的!当心隔墙有耳!万一传到少爷或是老太太那儿,小雨点就永无翻身的余地了!你知道吗?你知道吗?"

雪珂的眼睛睁得滴溜滚圆。

"所以,刚刚就应该把她带去寒玉楼,应该交给亚蒙……哦,老天!"雪珂痛楚地抱住自己的头,真的心慌意乱了,"翡翠,我该不该告诉小雨点真相呢?我不要她叫我少奶奶……"

"格格!你不可以!绝对不可以!"翡翠疯狂地摇着头,"现在,大家的处境都极不安全,你去对小雨点说真相,你怎么知道她会如何反应,万一小孩子受了刺激,把所有的事都闹开,对你,对小雨点,都是大灾难呀!"

"这也不能,那也不能!"雪珂昏乱地说,"我怎样才能保护我的小雨点呢?周嬷千方百计把她送到我这儿来,并不是真要让她当丫头呀!"

"听我说!"翡翠稳住了雪珂,"眼前我们先沉住气,就当什么事都没发生,你一定要小心翼翼,提醒自己不可以和小雨点太接近，不要露出任何痕迹。然后，明天，我们说舅老爷快回北京了，找借口出去，把这事情去告诉亚蒙少爷，大家再商量对策……好不好？好不好？"

雪珂可怜兮兮地看着翡翠。

"好，我听你的。"她说着，又举步往门口走去。

"你去哪儿？"

"去看看小雨点在干什么？"

翡翠把雪珂抓了回来，按进椅子里。

"我的格格啊！"她低喊着，"你别害她啊！她现在顶多是做做苦工，一旦身份暴露，她会活不成的！你也会活不成的呀！连在寒玉楼的亚蒙少爷，也会遭殃的呀！"

雪珂重重地跌进椅子里，此刻，简直五内俱焚，不知该如何是好了。

第八章

　　至刚虽然忙着茶庄和南北货的生意，又忙着和吴将军喝酒看戏打猎寻欢，但是，对家里的一切大小事物，他并非全然不知。嘉珊是个贤淑而不多话的女子，不会在他耳边嚼舌根打小报告。老太太威严庄重，除非发生了她无法处理的事，否则，她也不会用家务事来烦至刚。可是，冯妈就不一样了，冯妈会乘上茶倒酒之便，随时透露一些信息给至刚，不管是该说的或不该说的，不管是大事或者小事。

　　因而，小雨点去给奶奶上坟，雪珂出门去见舅老爷，雪珂亲自追回小雨点……种种事情，至刚都知道了。他把每件事都放在心里，暗中观察着雪珂。有什么事情不对了！他的每根神经，每个直觉都在告诉他。雪珂身上脸上，绽放着某种不寻常的热情，眼睛深处总是闪耀着某种炙热的光彩,这和她一贯的冷漠,有了极大的区别。至刚和雪珂相处时间不多,但已足够让他体会到她那奇怪的狂热。是什么东西引起的?一个小丫头吗?他决心要把雪珂藏在内心深处的一些东西找出来。

因此,当雪珂禀告老太太,要二度去访舅老爷时,他比老太太答得还快:"去吧!自从咱们到了承德,你和娘家人见面机会不多!去吧!但是,去请安可以!去诉苦不行!如果回到家来,让我看到你眼睛肿肿的,我可不饶你!既然要去,带点礼物去,翡翠,把我上次从吉林带回来的那几根上好人参,带去孝敬舅老爷,请舅老爷也带两盒给王爷!"

雪珂实在太意外了,至刚居然这么好说话!但她没有心思来研究至刚,她全部的意志力都集中在唯一的一件事情上,快去寒玉楼,快把小雨点的事情告诉亚蒙!

雪珂前脚去了寒玉楼,至刚也后脚到了寒玉楼。

雪珂一见高寒,已经悲喜交集,完全不能控制自己,抓着高寒的手,她又摇又喊:"谢谢老天,你还没走!"

"我预计明天就起程,真没想到,走以前还能再见到你一面!"高寒震动地说着,眼里盛满了惊喜不舍之情。

"不用去找了!哪儿都不用去了!"雪珂急促地说,又是泪又是笑又是悲又是喜的,"我已经找到了我们的女儿!原来,你娘……她千方百计地,把孩子早已送进了罗家……而我却不知道!"

"什么？什么？"高寒听得糊涂极了，"这么说，你也见到我娘？她在哪儿？孩子在哪儿？"

"孩子在罗家当小丫头呀！名字叫小雨点！你娘……亚蒙，你不要太伤心，你娘已经去世了！她老人家在临终前，安排小雨点到罗家当小丫头，来不及见到我，就客死在长升客栈……昨天，小雨点去西郊乱葬岗祭奶奶，我这才知道……她就是咱们的女儿呀！"

高寒目瞪口呆地看着雪珂，简直不知道雪珂在说什么。

"你不懂吗？"雪珂急坏了，"四个多月以前，你娘又病又弱，来到承德，自知已不久于人世，急于想把小雨点交到我手中，但侯门如海，她走投无路下，只好把小雨点卖到罗府来当丫头！"她摇着高寒，迫切地喊，"亚蒙，亚蒙，我们的女儿，就在我身边呀！但是，我不能认她，不能救她，眼睁睁看着她在罗家做苦工……我们怎么办呀！亚蒙，你快想办法，救小雨点呀！"

高寒仍然目瞪口呆。这突如其来的消息使他太震动了，太意外了，母亲已逝，女儿竟在罗府当丫头！不不，雪珂一定是想女儿想疯了，才有这样的幻觉！但是，但是，这多像周嬷的作风啊，当年家道中落，她毅然进王府当差，是她唯一能想到的挽救顾家之路。送小雨点去罗家当丫头……高寒突然有了真实感了："你说，我娘葬在哪儿？"

"西郊的乱葬岗，坟上只有四个字：周氏之墓。小雨点说，昨天是奶奶的生日！"

高寒眼睛一闭，痛楚地跌坐在椅子里。

"娘！"他低声说，"娘！你一定已经山穷水尽，才会出此下策吧！"他痛定思痛，泪水夺眶而出。

"亚蒙，"雪珂扑过来，紧张地说，"过几天，我想办法把小雨点带出来，交给你，你带了她，立刻远走高飞，到福建去……"

"你呢？"高寒瞪大眼睛问。

"不要管我了！我得留在罗家应付一切，让你们能安全撤离……"

"不行！"高寒激动地说，"我们一起走！现在，一家人总算团圆了，我们一起走……"

高寒的话只说了一半，楼下传来阿德高了八度的招呼声，声音里带着强烈的、示警的意味。

"哎……这位少爷，你是要找人呢，还是要买东西？小店中有古董、有玉器、有印章、有字画……喂喂，你怎么一直往里闯呢？"阿德声音一凶，"楼上，是咱们的藏玉楼，如果你没有和高老板事先约定，是不能上楼的！"

雪珂和高寒大大一惊，两人急忙分开。正惊疑中，翡翠已闯开门飞奔进来，急促地低语："不好了，少爷来了，八成是跟踪咱们的！亚蒙少爷，快快，有没有什么玉器石头，也拿出一盒来挑……"

一句话提醒了高寒，快步走到古董柜前，取出一个小抽屉，放在雪珂身边小几上，才放好，阿德上楼的脚步声已咚咚咚直响："莫非您要找罗家少奶奶？她在选玉器呢！来，这边请，我带路！"

至刚大踏步走上了楼，一眼就看到雪珂，正弯腰看着小几上的玉器，翡翠侍立一旁，而那位寒玉楼的主人正背着手，站在窗边等待着。至刚的眼光满屋子一扫，窗明几净，是一间挂满字画的、雅致的书房。一时间，竟看不出丝毫的破绽。

"少爷！"翡翠惊愕地抬头，"您怎么也来了？"

她这样说，后面跟进来的阿德慌忙又打躬又作揖，笑嘻嘻地说："原来您是罗大爷啊，怎么不早说呢？这我可怠慢了！"说着，就跑到高寒面前，"赶快给您介绍，这位就是咱们的高老板，高寒先生！"

高寒挺身而立，看了至刚一会儿，拱了拱手："幸会了！"

至刚注视着高寒，恂恂儒雅，五官端正，眉目间有一股略带忧郁的深沉。此人看来，深不可测。高寒！至刚十分迷糊，十分困扰。抬起手，他也拱了拱。一转身，他盯住雪珂。雪珂已站直了身子，昂着下巴，她直视着至刚，面色非常苍白，眼神非常阴郁。

"你……来干什么？"她问。

"你能来，我不能来吗？"他问，"你又在这儿做什么呢？"

翡翠急急一跺脚。"少爷！你把格格的一番心意，完全破坏了！格格说，下月你过生日，要刻个印章送你，原想给你一个惊喜，不要你知道的，这样一来，全泡汤了！"

至刚眼光锐利地扫了翡翠一眼，再盯向雪珂："真的吗？"

雪珂废然一叹，看来疲倦而萧索。

"没关系了！"她轻声说，不知道是说给自己听，还是说给至刚听，"反正，不管是什么理由，都不会让人相信。"她转身去看高寒，庄重而严肃地点了点头，"高先生，谢谢！"她在抽屉中取了一块佩，"这个玉坠子，我先取回去，过两天，翡翠会送钱来！"

"不用不用！"至刚往前跨了一步，"你喜欢的东西，我送了！多少钱，我马上付！"

"八十五元！"高寒只得说。

至刚走过去，拿起玉看了看，回头看高寒，眼神里带着研判。

"高老板真是豪爽，算得便宜！"他打开腰间钱囊，取出银票，付清了钱，蓦地一回头，"咱们走吧！"

高寒挺直了背脊，眼睁睁地看着雪珂和翡翠，跟着罗至刚头也不回地走了。

"说！你们去过寒玉楼几次？快说！"至刚关起房

门，把雪珂重重摔在床上，大声地问。

翡翠还来不及开口，雪珂已经回答了："无数无数次！"

"你是什么意思？"至刚紧盯着雪珂，眼睛里几乎要冒出火来。

"你已经不信任我了！"雪珂从床上爬起身，大声地说，"我也不想再撒谎了！你只需要调查一下，就会知道我舅舅已经回北京了……今天出门的理由，根本就是个借口……原来，你答应得爽快，是因为你起了疑心，存心要去捉我的……你瞧，"她的眼神悲苦而愤怒，"我们之间，已经如此恶劣了，我要找借口才能出去，你要跟踪我，才能确定我的行踪……我们必须这样继续下去吗？你不觉得，这样的日子，对我们两个都是悲剧吗？"

至刚忽然有些害怕起来，他又在雪珂眼底看到毅然断指那种壮烈的神韵。他正要说什么，翡翠已扑上前来，哀怨地嚷："少爷！你不要冤枉了格格！你也知道格格这个人，逼急了就会豁出去的！豁出去就什么也不顾的！弄个玉石俱焚，两败俱伤有什么好？弄得大家都活不成，又有什么好？不管怎样，都要给自己一条生路呀！少爷，你要给格格一条生路呀！格格，"翡翠抓着雪珂的手摇了摇，"你别为了怄气，就胡招乱招，把什么罪名都扛了下来！你屈打成招没关系，岂不要冤枉很多人？你，也要给……你身边的人留余地呀……"

雪珂被唤醒了，震动地、惊慌地看着翡翠，顿时冒出一身冷汗。差点害了亚蒙，差点害了小雨点！

至刚怀疑地看着翡翠，这丫头如此激动，看来是真情流露，难道真的冤枉了雪珂？他心中一动，不禁斜睨着雪珂，那凄苦的眼眸，那无言的悲戚……他心中又一动。

"翡翠！"他喊，语气已经有些软化，"到底你们去了寒玉楼几次？"

"两次！"翡翠斩钉截铁地说，"第一次路过，为了好奇进去看看。第二次就是今天！"

"为了什么进去？"至刚掉头看雪珂，"雪珂，你说，我要你亲口告诉我！"

"想为你选一块田黄，"雪珂迎视着至刚的眼光，深吸了口气，"又看中一块鸡血石，不知道你喜欢哪一样？你什么好东西都有了，所以，觉得给你选礼物好难好难！"

至刚目不转睛地、一瞬也不瞬地注视着雪珂。

"从什么时候开始，你对我用起心来？为什么？"

雪珂垂头不语。

"我再问你一遍，你真的是为我去选生日礼物吗？"

"真的！"

至刚又看了雪珂好一会儿。

"我希望你不是在骗我，因为，是真是假，大家很快都会弄清楚，那个寒玉楼的底细，我只要稍微摸一摸，就会摸清楚！但是，我真心真意希望你没有骗我……八年以来，这是你第一次对我用心……"他近乎苦涩地一笑，"你居然让我受宠若惊呢！"他一伸手，托起了雪珂的下巴，"不过，我不是傻瓜，所以不要愚弄我。很多事，我看在眼里，放在心里！从今天起，不管你以任何理由，你和翡翠，都不许单独出门！你要去买什么鸡血石鸭血石，都得和我一起去！让我清清楚楚地告诉你：我不需要意外和惊喜，我只需要你的忠实！"说完，他一把推开她，大踏步地出门去了。

雪珂和翡翠，面面相觑。

"他把我们给软禁了？"她不能置信地说，"现在，连寒玉楼都亮了相了！完了！这下子，谁能把小雨点送出去？谁能通知亚蒙，让他赶快离开呢？"

同一时间，高寒和阿德正伫立在周嬷的坟前。

找到了这座坟，高寒终于知道雪珂所说的每句话都是真的，不是幻想了。周氏之墓！简简单单的四个字，一抔黄土，荒荒凉凉的一座坟。葬进去的，是多少血泪与坎坷，多少痛苦与辛酸。直到临终，还抱着无法亲自把小雨点交到雪珂手中的遗憾，以及独生子不知下落的牵挂！周嬷，她走得一定很无奈，很不甘心吧！

高寒跪了下去。

"娘，我不能报答您的恩情，在您的晚年没有亲身侍奉，还害您为了我，到处漂泊流浪，长年受苦受难，最后客死异乡,我,真是罪该万死呀!娘,请您原谅我!请您原谅我!"

他重重地磕下头去。

阿德上前一步,也对着周嬷的坟跪下,拜了几拜。

"老太太!"阿德朗声说,"我想,您在天之灵,一定会告诉少爷,与其悲伤不已,不如化悲哀为力量,去救您的儿媳和孙女儿,以求一家团圆吧!唯有一家团圆,您才会含笑于九泉吧!"

高寒被提醒了,看着阿德。

阿德一伸手,扶起了高寒。

"阿德,你说得对!我一定要救出雪珂和小雨点,才不辜负我娘的一片苦心!"

阿德用力地点头。

"可是,阿德,"高寒心有余悸地说,"今天差一点被罗至刚逮个正着,不知道雪珂回去会面对怎样的局面?那罗至刚会刻意跟踪雪珂,显然已经怀疑了雪珂。不瞒你说,阿德,我觉得那罗至刚变化多端,阴沉难测……想到我的妻子,我的女儿,都在他的手里,我真是不寒而栗呀!"

"少爷!"阿德卷了卷袖子,"我们雇一辆马车,四匹快马,埋伏在普宁寺,等他们再上香的时候,我们劫了人就走,如何?"

高寒对阿德深深摇头。"就凭你我两个人?大庭广众之下劫人？小兄弟，你毕竟年轻！九年前一个月黑风高的晚上，我计划周全地出奔，仍然被捉了回来！雪珂说得对，这种错误，一生犯了一次就够了，决不能犯第二次！"

高寒仰首看天，天上彩霞满天，半轮落日。高寒俯首看地，地上落叶片片，一堆荒冢。娘啊！他心中辗转呼号，如果您当初不进颐王府，整个故事都不会发生了！但是，他心中一凛：娘啊，即使为了这段感情，付出了这么多的代价，我对于认识雪珂，仍然终身不悔！

颐亲王府？他脑中飞快地闪过一个念头，王爷，福晋，他们曾经怎样残酷地扼杀了一段感情，造成今日的局面！或者，或者……他心中翻腾汹涌着一句话：解铃还须系铃人！解铃还须系铃人！解铃还须系铃人！解铃还须系铃人……

"阿德！"他精神一振，"明天一早，就备好马车，我们去一趟北京，我要再访颐亲王府！"

阿德重重地点头。

第九章

　　王爷和福晋，是三天以后赶到承德的。

　　对他们两位老人家来说，高寒带来的故事，简直不可思议，周嬷已逝，小雨点在罗家当丫头，雪珂身陷水深火热中，求救无门！而雪珂与亚蒙，居然又见了面，居然旧情复燃，居然坚持那个在大佛寺有"菩萨作证，天地为鉴"的婚姻才是真正的婚姻……荒唐！王爷乍听之下的愤怒，却被高寒一大篇激昂慷慨的言论给击倒了。

　　"你责备我不该再去搅乱雪珂的生活！你可曾责备过你自己？就因为你的固执，你的面子，你的门第观念，制造了人间最大的悲剧！你让一对真心相爱的人失去幸福，天天活在绝望中！你让一对母子硬生生被拆散，最后竟演变成一生一世也挽不回的遗憾！你还可以制造一对怨偶，从新婚之夜开始，整个婚姻就陷入地狱！最悲惨的是，一个和你有血缘关系的小女孩，差点送命在你手里！侥幸逃过一劫，整个过程中，没有父母的呵护，尝尽世间冷暖，历尽沧桑，最后却陷身在亲生母亲的家里当丫头，母女相对竟不能相认，让那个心碎的母亲，眼睁睁看着那只有八岁大的女儿，受尽鞭笞折磨……你的一念之差，制造了这么多这么多的悲剧，制造了这么巨大的伤痛，你于心何忍？事到如今，你还不想伸出你的援手，来挽救可能发生的更大的悲剧？你还忍心责备我，不该去扰乱雪珂那悲惨的、根本不算是'生活'的'生活'！王爷，你于心何忍，雪珂她毕竟是你的亲生女儿，小雨点毕竟是你的外孙女！你就预备让她们痛苦一生一世，永劫不复吗？"

王爷被击倒了，他被彻彻底底地击倒了。瞪视着高寒，他不相信地自问着，这个情有独钟、永不放弃的男人，这个谈吐不凡、咄咄逼人的男人，就是自己下令充军到新疆去采煤的人吗？就是自己从雪珂身边硬生生拆散的人吗？老天！如果他所说的事句句属实，雪珂和小雨点，现在岂不是正在人间最残酷的炼狱里煎着、烤着？

王爷还来不及从激动中苏醒，福晋早已泪流满面，拉着王爷的胳膊，哭着说："我们快去承德吧！我们快去看看雪珂，还有那个小雨点吧！"

于是，王爷、福晋和高寒兼程赶来了承德。一路上，三人第一次这样推心置腹、消除成见地谈话，他们把可能面对的局面,需要保密的事情,希望达到的目的……全都一一分析过了。

王爷也对高寒坦白地说了几句话:"正如你所说,我已经不是王爷了!罗家对我,早就没有丝毫的忌讳了。我现在去罗家,主要是观察一下雪珂和小雨点的处境。到底我能救她们到什么程度,说实话,我自己都没有把握!"

"反正,我会在寒玉楼等你们的消息!"高寒诚挚地说,"最起码,你们是我和雪珂之间,唯一的希望了!"

高寒去北京的三天中,罗至刚并没有闲着。他已经约略打听出寒玉楼的底细。高寒,来自福建,是某巨商的独生儿子,专做古董玉器的买卖,第一次来承德,主要是想搜购王族遗物,最后竟开设了这家"寒玉楼",店面开张才不过一个月!至于高寒和亚蒙间的关系,罗至刚就是有通天本领也无法查出,何况,他连想都没有往这条路上去想过。他打听出来的这一切,使他在纳闷之余,又有种如释重负的感觉。总不能因为寒玉楼的主人仪表不凡,就给雪珂乱扣帽子!这么说来,买鸡血石很可能是真话,如果冤枉了雪珂,岂不是弄巧成拙!

但是,罗至刚不知道问题出在哪里,就觉得心里充满了疑虑,对这个高寒,充满了敌意与戒心。寒玉楼!寒玉楼!寒玉楼……这"寒""玉"两个字,就让人心里起疙瘩!高寒名字里有个"寒"字,偏偏雪珂名字里暗嵌了一个"玉"！这种招牌，就犯了罗至刚的大忌，总有一天，他要摘下这块招牌。

王爷和福晋抵达罗家的那一刻，至刚正忙着和承德的官员吃饭，打听这寒玉楼的开张手续是否齐全，因而不在家。那已经是晚餐时间了，老闵一路通报着喊进大院里面去："老太太，少奶奶，王爷和福晋来了！"

罗老太实在太意外了，这王爷和福晋，几年都没来过承德，怎么今天突然来了？等到罗老太迎到大厅，就更加意外了，原来王爷的亲信李标、赵飞等四个好手，也都随行而来。王爷还是维持着王府的规矩，出一次门，依然劳师动众。

"哎哟！真是意外，你们要来，怎不预先捎个信儿，也让我准备准备！"老太太一面嚷着，一面回头大声吩咐，"老闵，赶快给李标、赵飞他们准备房间和酒菜，冯妈！冯妈！通知厨房，做几个好菜，王爷爱吃烤鸭，去烤一只来！香菱、蓝儿、绿漪……去把客房布置起来……"

"好了好了，亲家母，"王爷一迭连声地说，"不要客套了，自家人嘛，随便住几天就回去的！咱们因为许久不曾收到雪珂的信，着实有点想念她，所以临时起意，说来就来了！"

正说着，雪珂和翡翠已飞奔而来。雪珂一见王爷和福晋，像在黑暗中看到一线光明，眼眶立刻就湿润了。

碍于老太太在场，强忍着即将夺眶而出的泪，她颤抖地握住了福晋的手，悲喜交加地喊着："爹！娘！你们怎么来了？"

王爷很快地看了雪珂一眼，如此消瘦，如此憔悴，下巴尖尖的，面庞瘦瘦的，脸色白白的，身子摇摇晃晃的，那含泪欲诉的眼神，几乎是痛楚而狂乱的。王爷只扫了一眼，心中已因怜惜而绞痛起来。至于福晋，泪水已迅速地冲进了眼眶，紧搂着雪珂，她无法压抑地痛喊了一声："雪珂啊！娘想死你了！"

"娘！"雪珂喉中哽着，声音呜咽着，心中澎湃汹涌着，有多少事，有多少话想和福晋说呀！真没料到，爹娘会在此时来访，难道父母儿女间，竟有灵犀相通！父母已体会出她的走投无路和悲惨处境了吗？"娘！"她再喊，哀切而狂热地瞅着福晋，"你们来了，真好，真好！我也……好想好想你们呀！"

老太太看着，真是一肚子气！这算什么样子？好像罗家虐待了这个媳妇儿似的！就算罗家虐待了她，这样的媳妇儿，王爷还希望罗家把她当观音供起来吗？

"嗯哼！"老太太冷哼了一声，"我说王爷啊，"她尖着嗓子，"你们应该常常来看望雪珂才是，免得我们罗家对她有照顾不周之处！你们常来，雪珂也有个地方诉诉委屈，是不是呀！"

"好说好说！"王爷急忙打着哈哈，强忍着心中的一团怒气,他四面张望,"怎么不见至刚?"

"出门干活呀!"老太太说,"时代不同了,不能像以前那样靠祖宗过日子,家里老的老,小的小,不老不小的也只会吃饭,这么一大家子要养呀,总是辛苦得很!"

王爷不好再说,幸而不久,就开起饭来。大家吃了一顿食不下咽的饭,席中,都是老太太的话,少不了夹枪带棒,数落着雪珂的不是,数落着生活的困难,偶尔也不忘赞美嘉珊两句,表示这才是真正的媳妇!又忙着给玉麟布菜,表示孙子也不是雪珂生的……好不容易,这餐饭总算结束了。好不容易,雪珂和翡翠侍候着王爷福晋,住进客房。好不容易,等到香菱、冯妈、绿漪、蓝儿等一干丫鬟仆妇都已退去,不见踪影。翡翠就把房门一关,又闩好窗户,退到门边说:"王爷、福晋、格格!你们有话快说,我站在门边把风!"

福晋一反手,就抓紧了雪珂,迫不及待地问:"小雨点呢?怎么没见着什么八岁大的小丫头?"

"你们怎么知道小雨点?"雪珂惊愕极了。

"听着!"王爷低声说,"亚蒙去北京找了我们,把所有的事都告诉我们了!所以,关于周嬷,关于小雨点,关于你们……我们统统都知道了!"

原来如此!雪珂恍然大悟。就知道亚蒙会想办法的,就知道他不会耽误时间的!去北京找王爷,亚蒙不知费了多少口舌,才能说动守旧的王爷亲自来承德!她凝视王爷，或者，情之所至，金石为开？

"爹，娘！"雪珂眼泪一掉，声音颤抖，"你们……没有生我的气吗？你们从北京来，是来支持我的吗？"

王爷沉重地望着雪珂。

"雪珂啊，你必须坦白告诉我，你心里究竟有什么打算？"

雪珂对着父母，直挺挺地跪下了。

"爹，娘！请你们为我做主，这个婚姻，当初是你们给我套上去的，现在，请为我取下来吧！"

"怎么取？怎么取？"王爷纷乱地问，"已经做了八年罗家少奶奶，怎么可能再恢复自由之身？"

"可以的！爹！"雪珂急切地说，"现在是民国了，许多妇女都在追求婚姻平等权！有结婚，也有离婚！我和至刚，一开始就错了，我不该嫁他的！现在，爹，娘！你们帮我……我不能再和亚蒙'私奔'，我要名正言顺地和他过日子，我只有一条路，和至刚分得清清楚楚，我要正式和他离婚！"

王爷沉吟不语，福晋忍不住喊出声："王爷，这是咱们唯一的女儿啊！"

王爷抬眼看雪珂，悲哀地说："你这些道理，你这些要求，亚蒙已经都对我说了！你们真让我好为难呀！这'离婚'二字，对我来说太陌生了！在我的观念里，根本没有离婚这回事！现在，你让我怎么开得了口，去向罗家提离婚？那罗至刚虽然凶了一点，跋扈一点，但并没有虐待你呀！"

"爹！你要想办法！"雪珂眼神中，有绝望中最后的期望，"我现在顾不得是非对错，顾不得传统道德，我只知道，当我和亚蒙重逢的时候，连我自己都不相信，经过那样漫长的岁月，在完全被时空阻绝、生死都两茫茫的情况下，结果一见面，感觉竟是那么强烈！原以为自己早就死了心，可是我对亚蒙的心是不死的呀！这份爱和我生命原来是并存的！九年来，朝夕期望，就是期望有再见面的一天！如今真的相见了，这个震撼，震出了九年来的魂牵梦萦，刻骨思念，也震出了我埋在心底所有的感情！"雪珂一口气诉说着，泪珠已沿颊滴滴滚落，"特别是，发现小雨点这个秘密，骤然间，我的丈夫、我的女儿都在我的身边，我不能认，却要认至刚为我的丈夫，认小雨点为丫头，这多么残忍呀！爹，娘，为我的处境想想看，为我的心情想想看吧！"

"孩子，"王爷终于被逼出了泪，"我懂了！你的心意是如此坚决，这一番肺腑之言，句句辛酸，道尽了你这九年来为情痴苦的心境，我不得不承认，你感动了我！好吧！让我试试看，能不能把你从这个婚姻的桎梏里解救出来！我们会尽力而为的！现在，你能不能赶快把那个小雨点，带给我们看一看呢！"

"对呀！"福晋拭去泪水，"我们简直等不及地要见她呀!"她伸手,扶起了雪珂。

雪珂回头喊:"翡翠!"

"是!"翡翠了解的,打开门,四望无人,匆匆去了。

"等会儿小雨点来了……"雪珂迟疑地说。

"我们知道!"福晋急急地说,"我们不会露出破绽的!这中间的利害,我们比你还清楚!"

这样,小雨点终于来到王爷和福晋面前了,见到了她这一生中,第一次见到的外公外婆。

她毕恭毕敬、小心翼翼地、怯生生地请了一个安。

"王爷万福!福晋万福!"

王爷和福晋都呆住了,目不转睛地看着小雨点,两人都震动得无以复加。这眉,这眼,这鼻子,这小嘴,这神韵……根本就是童年的雪珂呀!如果这孩子是送到王府来当丫头,大概早就真相大白了。

雪珂一见父母的表情,心中已经了然,不禁又红了眼眶。

小雨点困惑极了,见王爷福晋都不说话,少奶奶也痴痴不语,大家的眼光都集中在自己身上,她有些害怕了。想了想,顿时醒悟,慌忙跪下去,不住地磕头:"小雨点忘了规矩,请王爷福晋不要生气!小雨点给王爷福晋磕头!"

这一磕头不打紧,磕得福晋满脸的泪,一句话也说不出来。她走上前去,拉起那小小的身子,就紧搂于怀。

"小雨点啊,你受委屈了!"她低声喃喃地说。

"福晋!"翡翠过来请了个安,提醒地说,"小雨点还要去干活儿,不能多耽搁了!"

福晋万分不舍地放开小雨点。

"干活儿?"她惊愕地问,"这么晚了,还干活儿吗?"

"冯妈给了她一排十几个桐油灯罩,"翡翠说,"限定明天早上以前要擦完……"

"那……怎么行?"雪珂一急。

"格格放心!"翡翠说,"我这就帮她去擦!"

翡翠拉着小雨点,急急地去了。

房门一合上,王爷就郑重地看着雪珂:

"什么都不用说了,我们会尽快提出离婚的要求,解救你和小雨点!"

至刚喝得醉醺醺地回家了。

"什么?王爷和福晋来了?"他脚步不稳地,直闯入客房,"真是稀客呀!"他大呼小叫地说,"爹娘怎么心血来潮,到承德来了?"他瞪了雪珂一眼,见雪珂双目红肿,气已不打一处来,"怎么,"他尖声问,"才见到你爹娘,就迫不及待地哭诉了?哭些什么,诉些什么,赶快说来给我听听!"

王爷怒瞪了至刚一眼。

"看来,你今晚已经喝醉了!明天,我要和你好好地谈一谈!"

"不醉不醉！"至刚嚣张地叫嚷着，"我随时可以跟你们谈一谈！看样子，"他的眼光，满房间一扫，"你们已经开过家庭会议了！怎样呢？难道你们对我这个女婿还有什么不满意吗？"他一伸手，把手搭在王爷肩上，"雪珂告了我什么状？不许她出门是吗？您一定明白，良家妇女是不随便出门的！雪珂就是因为您当初太过纵容，才差一点身败名裂，幸好你们遇到我，能忍的忍，不能忍的也忍，才保全了她的名声……"

王爷越听越怒，脸上早已青一阵白一阵，甩开了至刚的手，他怒声地说："你这是什么态度？"

"什么态度？"至刚脸色一沉，收起了嬉皮笑脸，爆发地大吼，"我的态度还不够好吗？八年来，我忍受的耻辱，是你王爷受过的吗？忍过的吗？从八年前新婚之夜开始，我已经把你们看扁了！什么王爷福晋，什么岳父岳母……呸！都是骗子！我喊你们一声爹娘，那是抬举你们！你们居然还在这儿不清不楚，自以为有什么分量，想要教训我，简直是敬酒不吃吃罚酒！"

雪珂受不了了，她对至刚哀恳地喊着："够了！够了！是我对不起你，请不要羞辱我的父母……"

王爷已经气得浑身颤抖，不住喘着气。

"好！什么难听的话，都让你说尽了！"王爷咬牙切齿地说，"我们也不必把话压到明天再说，现在就说了，既然你轻视雪珂到这种地步，大家不如离婚算了！"

"对!"福晋愤慨地说,"既然决裂到这个地步,我们实在看不出,这个婚姻还有什么意义,我们要为雪珂做主离婚!"

"哈!离婚!"罗老太不知何时已站在门口,此时,忍不住大声说,"好新鲜的名词!原来王爷福晋难得登门,竟是为了谈离婚而来!我不懂什么叫离婚,想必就是一拍两散,以后各过各的日子,互不相涉吧!好极了!我们还求之不得呢!至刚,这种痛苦的日子正好做个结束,现在双方家长都齐了,就'离婚'吧!"

至刚一下子呆住了。他看看王爷福晋,看看罗老太,再看雪珂。

"雪珂,"他冷冰冰地说,"你的意思呢?"

"求你……"雪珂颤声说,"离了吧!对你对我,不都是一种解脱吗?"

至刚死死地盯着雪珂,一言不发。

"好了!"罗老太威严地说,"结婚要三媒六聘,离婚要什么我们不知道……"

"什么都不要了!"王爷冷然说,"彼此写个互不相涉的字据就可以了!写完,我就带雪珂走!"

"好极了!"罗老太更加积极,"香菱,去拿纸笔!"

"是!"香菱应着。

"慢着!"罗至刚忽然大声说,眼光阴沉沉地扫视众人,一个字一个字地吐了出来,"我不离!"

大家全体怔住，呆看着至刚。

至刚一脸的坚决，再扫了众人一眼。

"是你们的错误，把我和雪珂这一对冤家锁在一起！既然已经被你们锁住，我就要跟她锁一辈子，有冤报冤，有仇报仇，这笔账，我和她要一天一天、一月一月、一年一年地算下去！"他走到雪珂面前，捏住了她的下巴，咬牙说，"三天前，你在给我买鸡血石，三天后，你要离婚，我真希望能挖出你的心来，看看是什么颜色！"

说完，他把她用力甩开，掉头而去。

满屋子人仍然呆怔着。雪珂面如死灰，满眼的绝望。

第十章

　　至刚瑟缩在嘉珊的房里，把自己整个蜷缩在一张躺椅中，像是负伤的野兽般蛰伏着，动也不动。他不说话，不睡觉，不吃东西。眼睛大大地睁着，看着曙色渐渐地，渐渐地染白了窗纸。

　　嘉珊嫁到罗家来已经六年了，六年中，她看得多，听得多，想得多，只有说得少。对至刚，她有种深深沉沉的爱，这是她生命里唯一的男人，是她儿子的父亲，是她终身不变的倚赖。她是旧式社会中，保有一切传统美德的那种女子。她尊重老太太，尊重雪珂，尊重至刚……连家里的管家冯妈、老闵……她都有一份尊重。如此尊重每一个人，她几乎是谦卑的，谦卑得往往不受注意。但是，嘉珊并不愚昧，她内心纤细如发，温柔如丝。六年来，她已经看得太多，懂得太多。

一场离婚闹得惊天动地，丫鬟仆妇都在窃窃私语。嘉珊虽不在现场，香菱已经把前后经过都说了。嘉珊注视着至刚，看他那样一个大男人，竟把自己蜷缩在躺椅中，用手无助地扯着头发。她几乎看到了他的内心，那颗负伤沉重的心，流着血，上面全是伤口。最悲哀的是，他不知道该如何去缝合自己的伤口。因为他那么忙于遮掩自己的伤，忙于张牙舞爪地喊："我没有受伤！我太坚强了！没有人能打得倒我，只有我去打击别人……"

看到他这种样子，嘉珊实在充满了怜惜之情。

天色已经亮了，一夜无眠折腾得至刚形容憔悴。嘉珊捧来一碗热腾腾的豆浆，又拿来一盘包子。

"愿不愿意吃点东西？"

至刚怒瞪了嘉珊一眼，一伸手，想把小几上的碗碗盘盘扫到地上去，嘉珊机警地拦住，双手接住了他挥舞的那只手，沉声说："迁怒到那些盘子杯子上去，是没什么道理的！"

"你少管我！"他阴鸷地低吼着。

嘉珊凝视至刚，再也忍不住，她扑过去，半跪在他面前，紧握他的双手，她恳切而真挚地说："你这么深切地爱她，为什么不告诉她？"

至刚像挨了重重一棒，整个身子都从椅子里弹了出来。他脸色惨白，眼神狂乱，激动得无以复加，他摇着嘉珊，爆炸似的吼着叫着："我怎么会爱她？我恨她!恨死了她!我从没有爱过她!只有恨,恨,恨,恨,恨……恨不得捏碎她,杀了她,毁了她……"

"哦,不是的!"嘉珊热烈地喊,"你恨的并不是她,而是你征服不了她!你对她充满了嫉妒,充满了怀疑,你花很多时间观察她,刺探她……那实在因为你心底太在乎她,太想要她的缘故!我不知道你们的婚姻,怎么会弄到今天的地步?我却看你一直在做相反的事!明明深刻地爱着她,却总是在伤害她……"

"没有,没有,没有……"至刚凄厉地嚷着,"我不爱她,我绝对不爱她!我怎会爱一个心里根本没有我的女人!不可能的!你说这种话,对我是个侮辱……"

她又去抓回了他在空中挥舞的双手,热切地盯着他。

"不!不!你爱她!你拼命压抑,越压抑就变得越强烈!你最大的痛苦是她不爱你!但是,你用暴力,你用凶狠,你用无数比刀还锐利的言辞,不断不断地去伤她,把她伤害得遍体鳞伤,于是,她排斥你、怕你、躲你……她越躲越远,你就越来越生气。一生气,你就丧失理智,想尽办法去折磨她,事实上,你在伤害她的同时,你更深地伤害了自己!当她遍体鳞伤的时候,你自己也遍体鳞伤……这是不对的!至刚,至刚!如果你爱雪珂,要让她知道,要让她能体会,你需要付出的,是包容、宠爱、怜惜和体贴!只有用这种方式,你才能得到一个女人的心!"

至刚听得胆战心惊，会吗？是吗？自己早已不知不觉地爱上了雪珂，所以才变得这般暴躁易怒？这般痛苦？这般无助？这般提不起又放不下？是啊，雪珂，她牵引着他内心深处每一根神经，忽悲忽怒，嫉妒如狂！是啊，雪珂！她不知何时开始，已攻占了他整个心灵的堡垒。

他痛楚地埋进躺椅里，痛楚地用手抱住头。

"嘉珊，为什么要告诉我这些？难道你不吃醋，难道你不想独占我的感情？"

"我想的！"她坦白地说，"但是，我一嫁进来就知道是二房，我不想去侵犯别人的地盘。再说，我是那么爱你，你的健康和快乐，对我来说比什么都重要！我不要一个遍体鳞伤的丈夫！"

至刚震动了，抬起眼睛，他不禁注视起嘉珊来。

嘉珊的眼光，真挚温柔，盈盈如水。他心中一动，嘉珊，她实在是很美丽的！

这天早上，王爷、福晋和罗老太也做了一番恳谈。自从离婚之议一起，罗老太忽然像是拨开了浓雾，见到了阳光一般，发现雪珂和至刚这个死结，实在是可以轻易打开的。现在已经是民国了，大学生天天游行，举着牌子要求男女平等，结了婚也可以离婚，九年前顾虑的一切问题，早已随着时间淡化了。于是，离婚这两个字就深刻在罗老太的心中了，只要离了婚，就再也不需要面对雪珂的耻辱和至刚的剑拔弩张了!虽然对罗家来说,还是吃亏的,但总比一个成天吵吵闹闹的家庭来得好。

于是,王爷、福晋和罗老太太把至刚找进房里,第二度和他谈"离婚"。

王爷已经平静了,他沉重地看着至刚,几乎是带着歉意地说:"至刚,此时此刻,我愿意抛开我的自尊和身份,仅仅站在一个父亲的立场来对你说话!当年,我以欺瞒的方式让雪珂嫁给你,对你造成无可弥补的伤害,致使你怨恨至今,心里对我没有丝毫尊敬,这都是我咎由自取,我的确没有资格来教训你什么,我希望你了解的是,昨天之所以提出离婚,完全与情绪无关,那不是一时气话,而是正视到这个婚姻,已经到了无可挽救的地步!"

至刚静静地听着,一语不发。

"真的,"福晋接了口,"我们也不乐见你们分手,可是,雪珂真的很痛苦。我看嘉珊贤惠美丽,你们又有了玉麟,何不放了雪珂,扶正嘉珊,不是皆大欢喜吗?"

"至刚,你心里有什么话,你就说出来吧!我的意思,这次和王爷福晋,倒是不谋而合!"罗老太盯住了至刚,"你和雪珂,吵吵闹闹了八年,经常弄得全家鸡犬不宁,也实在该做个结束了!你不要再固执了,今天咱们三位老人家,同心合力,目标一致。他们要挽救女儿,我要挽救儿子!你就体会我们的心,答应离婚吧!"

至刚抬起头来，脸色苍白而憔悴，眼睛里盛满了一种深刻的悲痛。他看看王爷，看看福晋，看看罗老太。他的眼光在三人间睃巡，最后停在王爷的脸上。他咽了口气，终于低沉地、真挚地开了口："我恳求你们三位老人家，求你们别再逼我离婚，我……我为我昨天的言行道歉，也为我过去多年来种种恶劣的态度道歉，我知道没法要你们马上相信我，但最少你们可以给我一个机会……"

罗老太忍不住霍然站起："你在说些什么？你这是什么意思？"

"我不要离婚！"至刚定定地说，"不是耍狠，也不是报复，而是因为……我不能失去雪珂，我爱她！"

此语一出，三位老人家全体变色，惊愕得目瞪口呆。

"你……"罗老太紧盯着至刚，完全不相信地问，"你说什么？你说什么？"

至刚直视着母亲，一个字一个字地回答："我爱雪珂！"

罗老太跌进椅子里，半晌都不能动弹。然后，实在不能承受，她猛拍了一下椅子的扶手，大怒地说："胡说！不可能的！你为什么要捏造这样的谎言？为什么？"

"我不管你们相不相信！"至刚激动地轮流看着三人，"我只能说，我是鼓足了勇气，才在你们面前说出我心底的秘密。这对我并不是一件容易的事，不要告诉我说你们不能理解！是你们主宰了我和雪珂的命运，我们被动地结合，又被迫一起生活，然后最悲哀的是，我竟然爱上了她！今天，我逼不得已，坦白道出我的心事！在你们为着各自立场，对我软硬兼施的时候，或者现在该停一停，正视一下我的悲哀，对我公平一点吧！"

至刚说到最后，眼中已浮现泪光，他咬咬牙，迅速起身，就夺门而去了。

室内的王爷、福晋、罗老太都深受震撼，面面相觑，谁都说不出话来。

这是雪珂想都想不到的情况。

她不能置信地看着王爷和福晋，近乎神经质地抓着福晋的手，摇着她，悲切地看着她。

"他爱我？他怎么可能爱我呢？对这个还没过门，就已经对他不忠实的妻子，他恨我都来不及，怎么可能爱呢？这八年来，如果他对我有爱，我怎会感觉不到？爹，娘！你们不要被他骗了，不要被他说服了！这一定是个诡计，是个手段……他不愿放过我，他昨晚就说了，他要一天又一天，一月又一月，一年又一年地和我算账，他要慢慢地折腾我，把我一点一滴地侵蚀殆尽！我告诉你们，这些年来，我就是这样过的！我不是一个妻子，我只是一个囚犯！他闲来无事，就折磨我，讽刺我。看我受苦，是他的一大乐事！他说他不能失去我，只是不能失去一个羞辱的物件而已！爹，娘，你们要救我！你们真的要救我呀！"

"雪珂，你冷静一点！"福晋握住雪珂，深深看着她，十分困惑地说，"说不定是你误会了他，因为打从一开始，你心里就另有其人，你从没有给过至刚爱你的机会，是不是？"

"娘！"雪珂凄然地喊，"你已经动摇了！他的一篇话，简简单单的三个字，他爱我！你们就投降了！你们怎么不看看我！看看我被他爱得多么悲惨，多么绝望！"

"孩子啊！"福晋急急地说，"我们并不是投降，而是被他感动呀！他是那么飞扬跋扈的一个人，谈到对你的感情，却说得那么诚恳真切！我们也活了大半辈子了，真话、假话，我们不至于混淆不清！雪珂，我觉得，你实在应冷静下来，和他面对面、心对心地再谈一谈！把所有心里的结，都试着去解一解！说不定就都解开了！"

"对！"王爷深有同感地点着头，"你娘说得是！"

雪珂的心，像掉进一个冰洞里，就这样冰冷冰冷地坠了下去。她含着泪，看看王爷，又看看福晋，越来越明白，父母是真的被至刚收服了！毕竟，至刚是他们选择的女婿，而亚蒙是她"私订终身"的！她绝望地一甩头，凄凉地说："你们不预备救我了！你们要眼睁睁看着我毁灭……"

"不会的！"王爷说，"你喜欢用强烈的措辞！毁灭一个人不是那么容易的……"

"容易！容易！"雪珂拼命点头,"毁灭我是很容易的！抢走我所爱的,再给我不断的压力,我就会像鸡蛋壳一样碎掉的……"

"可是,你不是鸡蛋壳呀！"福晋快被雪珂搅昏了。

"我已经被折磨得比蛋壳还脆弱了！"雪珂痛楚地望向王爷,"爹,你不是说,不管是非对错,你已经被我感动,要帮我解开这个婚姻枷锁的吗?"

"雪珂呀,"王爷迷惑地说,"我想我是老了！亚蒙到北京,一篇话说得我感动极了。我来到承德,你的一篇话又让我感动万分。可是刚才,听了至刚的一篇话,我竟然又被至刚感动了！我这样为你们三个而感动,连我自己都糊涂了！我想,当年那个当机立断、坚定不移的颐亲王爷早已消失,如今的我,确实有颗易感的心！我实在……没办法把至刚看成一个罪大恶极的人呀,我看到的他就和你一样,也像鸡蛋壳似的那么脆弱呀！"

雪珂愣愣地看着王爷,实在无言以对了。

罗至刚这一招,让雪珂完全失去招架的能力,甚至失去应付的能力。她方寸大乱,感到自己又被逼进了一个死胡同,进退不得。晚餐时,冯妈第一次命令小雨点端盘端碗,侍候茶水。小雨点战战兢兢,生怕砸了碗碟,小心翼翼地给每个人添饭送茶。雪珂的眼光跟着她小小的身子转,看到她颤巍巍地捧着热腾腾的茶,她的心就跟着颤巍巍热腾腾,简直没有办法集中意志去吃饭。王爷、福晋也食不下咽,看看雪珂,看看小雨点,两位老人家心如刀割。

"小雨点!"罗至刚忽然喊了一声。

"是……是……少……少爷!"小雨点一惊,手中捧着一碗燕窝粥竟歪了歪,虽没整个泼出来,一部分已流到手指上去。小雨点被烫得稀里呼噜,握紧碗沿的手就是不敢松。雪珂心中一痛,跳起身子,还来不及做什么,至刚已抢先一步,去接住了小雨点的碗。

"翡翠!翡翠!"至刚忙不迭地喊,"你快带小雨点去上点药,这燕窝粥挺烫的!"他注视小雨点,眼光非常温和,"我叫你,让你吓了一跳吗?"

"是……是……是……少……少……少爷!"小雨点牙齿打着战,好不容易才把话说完。

"其实,我是要你下去,做点容易的工作!"罗至刚叹口气,连个小丫头听到他的声音都吓得发抖,难怪雪珂对他敬而远之,"这冯妈也太过分了,这么小的丫头,怎么能侍候饭桌呢?我们有翡翠、绿漪、蓝儿、香菱还不够吗?"

"冯妈也是好意!"罗老太凛然地说,"不从小训练起,将来永远上不了台面!"

"好了!好了!"至刚温柔地说,"翡翠,带她下去吧!我说,以后干脆把她拨到雪珂房里,专门服侍雪珂就好了!我看,她和雪珂挺投缘的!"

雪珂的心怦然一跳,她很快地扫了至刚一眼,心中七上八下,不安已极。他知道了吗?他怀疑了吗?是不是自己露了行藏?是不是他已打听出什么?但至刚的脸色那样平和,一点火气都没有,当她的眼光和他接触的一刹那,她觉得,他眼中竟闪过一丝光彩,那眼光几乎是谦卑的。

雪珂真是心如乱麻,完全失去了主意。

饭后,至刚来到雪珂房里,屏退了所有的人,他凝视着她,非常温和地开了口。

"我们必须谈一谈!"

"是的!"雪珂深吸了一口长气,要勇敢!她告诉自己,父母已经不能倚赖。现在,只有靠自己来奋斗,她决心要面对至刚,谈个透彻。

"关于离婚,"至刚先说出主题,"这种新潮的名词,这么时髦的作风,实在不是我们这种大家门第应该效法的!对不对?我们之间,不管开始得多么恶劣,好歹做了八年夫妻!八年间,你并没有提离婚,现在来提,多少受了新思潮的影响!我不知道你和新思潮有些什么接触!我猜,和寒玉楼,和高寒……是根本没有关系的,对不对?"

她震动地看着他,觉得这谈话还没开始,就已经被他占了上风。寒玉楼、高寒!他到底知道了多少?他在讲和?还是在威胁她?

"我很抱歉。"他面色一正,诚心诚意地说,"我不该对你疑神疑鬼,不该跟踪你,不该限制你的行动,更不该对你粗声粗气……现在,让我们忘掉所有的不愉快,重新开始吧!"

"为什么?"她困惑地看他,"你为什么不趁此机会摆脱我?这婚姻是我们共同的不幸。八年来,你对我吼吼叫叫,多少纷争、吵闹、痛苦、悲哀……我们的婚姻里,实在没有丝毫美好的回忆,你要这个婚姻做什么?我不了解你,真的不了解你!"

至刚轻轻一叹。"如果我说,是因为我面临到要失去的时候,才发现我多么珍惜!如果我说,是因为我爱……"

"别说你爱我!"雪珂激动地喊出声,"你可以在你母亲和我父母面前演戏,但是,请不要在我面前演戏!在我忍受了这么多年的痛苦以后,你忽然说你爱我,这实在太荒谬了,你怎么说得出口?"

至刚的容忍已经到了边缘,如此低声下气,这个女人却全不领情!他一个箭步上前,抓住了雪珂的肩膀,用力地摇着。

"听着!"他更加激动地吼出声,"我希望我不要爱你,我希望我恨你,我更希望我不在乎你,那么,我不管怎么做,都会做得很漂亮,绝不会像现在这样窝囊!但是,我就是这么倒霉!我就是这么不幸!离婚!一旦谈到离婚,我才发现你早已是我生命的一部分,我根本割舍不掉!你信也好,你不信也好,我就是爱你!"

"爱?爱?爱?"雪珂悲愤地说,"你怎么能轻易吐出这个字?你从哪一天开始爱上我的?怎么我一点都不知道?"

哪一天?至刚一愣。哪一天?他呆怔了片刻,蓦地抬起头来,双目炯炯地注视着她。

"你相信吗?"他收起激动的语气,变得痛楚起来,"新婚那天,家里大肆铺张,惊天动地地把你娶进门,我全心全意要迎接我的新娘,那么喜悦,那么兴冲冲地,而你,却告诉我你心中另有其人,你那么大无畏地坦白了一切,你那么视死如归地想保有你的贞洁,你甚至毅然断指,做了任何女人不可能做的事……让我告诉你,当时,我就为你发疯了,我疯狂地嫉妒和羡慕,我真恨不得就是你心里那个人!"他点点头,"你问我哪一天爱上了你?现在回忆起来,似乎是那第一个晚上,你就把我给折服了!"

雪珂呆呆地看着他。在他眼中,看到了隐隐的泪光。她忽然就心中一震,开始觉得他所说的,可能句句出自肺腑,可能都是真的了。

"对不起!"她喉中哽咽地说,"这婚姻,从头开始就是我错!我对不起你,让你受了这么深的伤害……我真希望,如果今生不能报答你,来生……"

"让我们停止说对不起吧!"他忽然热烈地握住她的手,真情流露地喊着,"也别说什么来生的话,因为我们的今生,还有漫长的一辈子!雪珂,过去的对与错,是与非,我愿意一笔勾销!我们重新开始。如果你对我已失去信心,那么,再给我半年时间,考验我!如果半年以后,你还是认为我不好,这婚姻不好,那么,我们再离婚!"

她瞪着他。

"八年都过去了!"他急迫地说,"你还在乎多等半年吗?让我告诉你,我一定停止嫉妒,不算旧账!我一定改头换面……为你重新活过!我要敞开心胸来爱你,不只爱你,还要爱屋及乌,你最亲近的翡翠,你最喜爱的小雨点,我都会另眼相待,还有你的父母,我也会真诚地尊敬他们!雪珂,相信我!"他看进她眼睛深处去,"好奇怪,一个丈夫在对他娶了八年的妻子倾诉爱慕……好奇怪!也好悲哀!"

她的眼眶湿了,他的脸在一片泪雾中浮动。

"你哭了!"他震动地、哑声地嚷着,"这证明,你还是会被我打动,这证明,你对我还是有一丝丝柔情的!请你为我,留住这一丝柔情吧!"

雪珂一句话也说不出来了。

第十一章

高寒在寒玉楼中，足不出户整整等了十天。这十天，真比十年还要漫长，每个时辰都是辛辛苦苦挨过去的。终于，这天，王爷和福晋双双来玩。但是，他们带来的消息，却足以粉碎他所有希望，冰冻起他那颗狂热的心。他呆呆地注视着王爷和福晋，这才了解到，他和雪珂间，赖以支撑的线是这么单薄而易断的！

"听我说！"王爷深刻地看着高寒，"不管九年前是怎么一回事，以现在的局面而论，雪珂和至刚，总是一对名正言顺的夫妻，而你却是个局外人！如果他们的婚姻，确实已悲惨到不可救药的地步，我会支持你去重新争取雪珂，但是，现在的情势并非如此。至刚有意修好，表现得非常诚恳，我实在深受感动！所以，如果你不在这儿诱惑雪珂，我猜想，他们的婚姻会圆满而幸福的！"

"雪珂怎么说?"高寒低沉地问。

"她要我们转告你,"福晋叹了口气,"过去的已经过去了!如果你真的忘记不了她,就请你把这一片心,都用到小雨点身上去!"

高寒的脸颊抽搐了一下。

"怎样用到小雨点身上去?她和雪珂一样,都被拘囚在罗家那个大监牢里!"

"我们已经研究出一个办法来了!"王爷振作精神,有力地说,"至刚志在雪珂,罗家并没有人在乎小雨点,对罗家这种家庭而言,多一个小丫头,少一个小丫头,根本没什么分别。所以,我们预备过两天,就对罗老太开口,就说因为和小雨点投缘,要了小雨点回北京。了不起,我再送个丫头过来补偿。雪珂会在旁边敲边鼓,至刚要讨好雪珂,不会在乎小雨点!这样,我们救出小雨点就交给你,你马上带着孩子回福建去!"

高寒沉吟了好一会儿:"这是你们和雪珂一起计划的?"

"是!"

"这是给我的命令,我必须服从,是吗?"

"不然你要怎样?"王爷沉不住气地一吼。

"我要小雨点,我也要雪珂!我们三个,根本是一个家庭,罗至刚才是那个局外人!是你,王爷,你把那个局外人变成局内人,硬把我打出局外!现在,过去种种都不提了,就以目前的局势论,要雪珂一下子割舍掉我和小雨点……她会憔悴而死!你们如果真正了解她,就会知道,不需要半年,只要半个月,就会要了她的命!"

"怎么会?"王爷大声说,"你和雪珂一样,喜欢用强烈的字句,故意耸人听闻!我们救出了小雨点,她知道你们父女已经团聚,生活在很安全的地方,她就心满意足了!那时,她会安定下来,去做罗至刚的妻子……"

"她不是罗至刚的妻子!"高寒满屋子绕着,像一头困兽,"她是我的妻子!我不能让她独自一人留在承德,这太残忍了!我们一家三口,已经浪费了八个年头,人生很短,没有几个八年!我们没有时间再浪费了!我们三个一定要团圆,否则就太没天理了!"

"你要怎样团圆?"王爷紧绷着脸孔,"你口口声声说一家三口,你要雪珂,也要你女儿,但你束手无策,根本不知道如何去要她们……"

"王爷!"高寒站定,眼中燃起两簇火焰,"你如果肯帮忙,我们还是有办法的!"

"什么办法?"

"你带来的四个亲信,都有一流的武功,加上我这儿的阿德,我们……"

"你要劫人?"王爷大惊,"想都不要想,太荒唐了!亚蒙,用用你的脑筋,罗家在地方上,仍然是有头有脸的人物啊!"

"并不是劫人，只是帮助我们逃走！"

王爷瞪着高寒。"我不能帮你，"他沉声说，"在发现雪珂的婚姻仍然有希望的时刻，我绝不能帮你！何况，这样的忙，很可能越帮越忙，说不定玉石俱焚，两败俱伤！成功的希望实在不大，你怎能拿雪珂和小雨点两人的生命来冒险？投鼠也该忌器呀！假若你真爱雪珂，真心为她好的话，就该体会雪珂的一番心，不要继续留下和她纠缠不清，使她两面为难！你如果是个男子汉大丈夫，就该拔慧剑，斩情丝，顾全大局，带了你的女儿，去追求另一番幸福！人生，本就不能事事尽如人意，鱼与熊掌，不能得兼。如果你有幸找回了女儿，也算对得起你娘了，不是吗？"

王爷这番话，句句合情合理，高寒走到窗前，看着窗外穹苍，心中一片凄苦。

"亚蒙，"福晋叹了口气，"小雨点那孩子长得楚楚动人，我见犹怜。假若你见到了她，你一定会爱极了她！但她现在在当丫头，烧火洗衣端茶送水之外，还要擦灯罩，推石磨……一旦做错事，就会被女管家严厉责罚，轻则罚跪，重则鞭打……雪珂已经心疼得憔悴不堪了！她要我带一张纸条给你，你自己看吧！"

高寒倏然转过身来，迎视着福晋的目光。他的心，因福晋的叙述而绞紧，绞紧，绞紧……绞得不知有多痛。他迅速地接过了雪珂的纸条——一个万字结！打开纸

条,他看到短短的两行字:

　　雪中之玉,或可耐寒。
　　小雨点,怎能成冰?

　　他心中大大一抽,更痛。
　　"为了你的女儿,牺牲了你的爱情吧!"福晋苦口婆心地说,"这样,我们才能没有后顾之忧,全心全意来救出小雨点!事实上,救小雨点,会不会有波折,能不能顺利,我们都还不知道呢!"
　　高寒无力地靠在窗棂上。救小雨点!是的,必须先救小雨点!或者,他心中闪过一个念头:等到孩子救出来了,再来想办法救雪珂吧!
　　罗家这两天表面很平静,至刚在努力扮演好丈夫的角色,对每个人都和颜悦色。雪珂珍惜着和小雨点相处的每个片刻,常常对着小雨点就悲从中来,不可自抑。但在至刚面前,仍要装得心平气和。王爷、福晋夹在罗家与雪珂、小雨点之间,难免小心翼翼的,只怕露了马脚,坏了大事。因此,大家都力求相安无事。表面上看起来无比平和,实际上是暗潮汹涌。
　　这里面,只有罗老太一个人,是真正冷静的。她冷眼看着一家子人,各演各的戏,心里困惑极了。冯妈不时来跟她报告一下大家的动态。每个人的行为和表现,罗老太都还能够理解，唯独对于家中的小丫头，引起雪珂和王爷的特别垂青，大感不解。一会儿，翡翠送小雨点去雪珂房，一会儿，雪珂送小雨点去王爷房……半夜三更，雪珂会夜探小雨点……据冯妈说，居然有一夜，雪珂在帮小雨点擦灯罩，一边擦一边掉眼泪。这雪珂，实在是古怪得厉害，说不定脑筋出了问题。但是，王爷和福晋呢？为什么也对小雨点怜惜备至？

罗老太隐藏着她心中的疑问，对小雨点不禁多加了几分观察。这孩子明眸皓齿，唇不点而红，眉不描而翠，双目盈盈如秋水，皮肤白嫩细致，简直吹弹可破。这种孩子，竟来自农村，也是异数！罗老太思前想后，才觉得小雨点卖进罗府的经过有点儿离奇。

就在这时候，王爷和福晋表示要回北京了。罗老太心中窃喜，本就不欢迎这门亲家，早走一日就好一日！

"要回北京啊？"老太敷衍着，"怎么不多住几日？"

"家里还有事呢！"王爷说，"现在，至刚和雪珂已经和好，我们也就不多耽误了！"

"这临走之前呢，"福晋忽然开口，声音里带着点不寻常的紧张，"咱们有个不情之请！"

"哦？什么事呢？"

"是关于那个名叫小雨点的小丫头。"

罗老太的心头一紧，注意力全部集中了。

"咱们瞧着非常喜欢，不知道能不能让给咱们？"

罗老太实在太惊愕了。虽然说王爷已经不是王爷了，但是，王府里总不会缺丫头！何况，那小雨点年龄尚小，做什么事都做不来。罗老太深深地注视着福晋，心里的疑惑已经到达了顶点。

"这倒是新鲜啊！你们怎么会要一个这么小的丫头，她能管什么用呢？"罗老太不动声色地问。

"咱们府里并不缺丫头，要这孩子，是因为她乖巧伶俐，与咱们十分投缘！"王爷接口，接得也太快了一些，"当然，咱们也不想白要你的人，不如这样，回到北京，我挑一个能干的丫头，送来填补，你说怎样？"

老太微微一笑，拿起纸卷烧水烟袋："我倒没什么意见，只怕雪珂不肯！"

"雪珂怎么会不肯呢……"福晋一急，冲口而出。王爷急忙轻咳一声，福晋立刻住了口。

"是吗？"罗老太看着二人，"雪珂一直很喜欢这个丫头，至刚最近千方百计讨雪珂好，不是已经把小雨点派给雪珂了吗？我看，这事还是问至刚吧！"

"那好，"王爷说，"那么咱们就去问至刚！"

王爷和福晋站起身子，退出房间。

罗老太凝神沉思，从头细想这小雨点来到罗家的前后始末。这一想，就给她想出了好多破绽。这一想，就想得她惊心动魄，冷汗涔涔了。

同一时间，雪珂正在卧房里，万分不舍地告诉小雨点,必须跟王爷福晋去北京的事实。谁知,小雨点的反应十分强烈,她连连退着身子,满眼惊恐慌张。

"为什么我要跟王爷福晋走?为什么要把我送给他们呢?你不喜欢我了?你不要我了吗?"

雪珂急忙上前,一把握住小雨点,拼命地摇头。

"不是不是,我就是太喜欢你,太疼爱你了,所以不忍心看你在这里当丫头呀!你跟王爷和福晋走,他们会好好待你,你再也不用吃苦,不会受欺负,也不会挨打挨骂了!我不是不要你,是要你过更好的日子,你懂吗?"

"我不要过好日子,"小雨点急切地摇头,眼泪已扑簌簌滚落,"我只要同你在一起!求求你,不要送我走!"

雪珂心痛得热泪盈眶,把小雨点紧紧一抱。

"孩子啊!要你走,我心里比谁都舍不得呀!……"

"那就别叫我走!让我留在你身边,再苦我都不要紧的!我喜欢你!我喜欢你呀!"

小雨点急切地嚷着,一转身又扑在翡翠怀里。

"翡翠姐姐,你也很疼我的呀!让我跟着少奶奶,不要赶我走嘛……"

"小雨点啊,"翡翠哀声说,"将来你就会明了格格的一片心了!送你走,是为了爱你呀!"

"不不不!"小雨点急坏了,又哭又嚷,一转身,就伤心地往屋外奔,才拉开门,就一头撞在罗老太身上。罗老太正挺立在那儿,满面寒霜,不知道已经听了多久。

雪珂和翡翠骇然变色。

小雨点竟抓着罗老太,没头没脑地苦苦哀求:"老太太!我不要走,求老太太做主,别把我给王爷福晋,我会乖,我会听话,我会很努力地做个有用的丫头,请别赶我走,好不好?好不好?"

罗老太脸色阴沉得像乌云密布的天空,然后,突然间,她一把重重地抓住了小雨点,抬头死死地瞪着雪珂,咬牙切齿地问:"她这么依恋你,你又这么宠爱她,为什么硬是要把她送给你的父母呢!说!"

她大吼一声:"为什么?"

雪珂惊跳起来,吓得面无人色。

"因……因为,爹……爹……娘……喜欢她……"

"没有新鲜的词可说吗?"老太的眼中,像是要喷出火来,"你们在我眼前耍这样的花样!把我和至刚置于何地!"她一把揪起小雨点,摇着她,掐着她,疯狂般地瞪着她,"你这个来历不明的丫头!你说!你爹是谁?你娘是谁?你奶奶是谁?"

小雨点又痛又怕,不知所措。雪珂已扑过来,哭着想抢下小雨点。

"放开她,请不要对付她!她只是一个孩子,她什么什么都不知道呀……"

"那么,你什么什么都知道了?说!马上说!这孩子是谁?从哪儿来的?快说!"

"格格呀……"翡翠惊叫。

老太回手给了翡翠一耳光。

"丫头站一边去!不许插嘴!"老太又开始用力摇着小雨点,"你不说,我帮你说!小雨点,你爹是个下等人,你娘是个无耻的女子,他们偷偷地生下你,把你交给奶奶……你是个不清不白的私生子!所以,你跟着奶奶姓周,你连自己的姓都没有……"

"我有!我有!我有!"小雨点大哭起来,一边哭,一边痛喊出声,"我爹姓顾,我娘是旗人,他们都是好人,我爹在新疆开矿……"

"你娘呢?"

"她死了!"

"让我告诉你,你娘没有死,她欺世盗名,苟且偷生,摇身变作少奶奶,是个卑鄙下流、无耻至极的女人!"

老太说完,把小雨点用力一推,推到那早已面如死灰、目瞪口呆的雪珂身上去。用手怒指着她们,罗老太丢下了一句:"好一副高贵的嘴脸!好一颗肮脏的心!"

转过身子,她拂袖而去。

雪珂抱着小雨点,已是神魂俱碎,只感到天旋地转,眼前有几千几百个小雨点,其他什么都没有了。

"格格,咱们完了!"翡翠扑过来,摇了摇雪珂,"你醒一醒,振作一下,少爷马上会过来兴师问罪了,我……这就去请王爷和福晋来!"

翡翠顾不得雪珂和小雨点，往外飞奔而去。

小雨点太激动了，她还在哭，哭得伤心极了，哭得上气不接下气的。

"少……奶奶！"她边哭边说，"老……太太，为什么要对我……说那些话？我到底……犯了什么错……她还骂我爹、我娘呢？"

雪珂心中一阵抽痛，神志清醒了。她看着满眼泪痕的小雨点，简直是心碎肠断，再也无法掩饰任何秘密了。

"孩子啊！"她痛喊着，"你的娘确实没有死呀……"

"那……那……我娘在哪儿？"

"孩子，我就是你娘，你亲生的娘啊！"

小雨点一个震惊，连哭都忘了。她张大眼睛，瞪视着雪珂，急忙忙摇头，慌张否认："不对不对，我娘早就死了，奶奶告诉我的……"

"我是你娘！小雨点，相信我！"雪珂急促而心慌意乱地说，"现在没时间和你详细解释，你奶奶把你送进罗家，就是要交给我！她那么爱你，怎么舍得把你卖作丫头？因为我是你娘，我没有死，我真的是你的娘呀！"

"不！不对不对！"小雨点实在太惊慌了，如此大的震撼，已不是她小小年纪所能应付的了，她拼命摇头，完全拒绝相信这是事实，"你不是我娘，你是少奶奶！我娘，她早就死了！如果她没有死，她怎么不要我爹，不要我奶奶，也不要我呢？我娘……死了……死了……"

144

雪珂眼睛一闭，泪水成串成串地滚落。她的思想、意识和神志全乱了，五脏六腑痛成一团。她再张开眼睛，哀哀无告地看着小雨点，眼前仍然有着几千几万个小雨点，每个小雨点都在喊："你不是我娘！你不是！我娘早就死了！死了……"

每个小雨点都不认她！她好不容易找回来的女儿，小雨点。但是，小雨点不肯认她！

小雨点不肯认她！这么巨大的悲哀，把什么都涵盖了。连恐惧都退到一边去了。而这时候，王爷、福晋、罗老太、至刚、翡翠、嘉珊……几乎全世界的人都拥向雪珂的卧房里来了，暴风雨终于天崩地裂地爆发了。

第十二章

"贱人！孽种！"

至刚冲进门来，一手抓住雪珂，一手抓住小雨点，发疯般地摇着。他的脸色铁青，眼睛怒瞪着，眼珠几乎都突了出来。他的声音嘶哑、沙哑，却震耳欲聋地响着：

"你们怎么可以这样对我！你，"他瞪着雪珂，"你做的好事！原来你不只偷了人，还生下了孽种，你带着一身的罪孽嫁入罗家，还不够吗？你还把你的孽种也弄了进来，玩弄我们母子于掌上！你！好无耻，好下流！这样卑鄙的手腕，你怎么做得出来？你说！你说！你要让我这顶绿帽子，戴到什么地步你才满意？你说！你说！你说……"

他那么疯狂地摇着雪珂，她的牙齿和牙齿都在打颤，本来就已经心碎肠断，此时更是痛不欲生。她失去说话的能力，失去反应的能力，只恨不能化为一股烟，从他那巨灵之掌中，从这种巨大的羞辱和悲哀中飘走，飘出窗外，飘散到四面八方去。

"住手！住手！"奔进来的王爷大喊着，"事情既然已经闹开了，我们都不是小孩子，可不可以理性地坐下来，大家好好地讨论一下该如何善后……"

"是啊，是啊，"福晋心惊胆战地应着，"别伤了雪珂，别伤了小雨点！我们知道是我们理亏，但是，这绝不是我们有意安排的……会弄成今天这个局面，我们也很意外呀！至刚，请你看在八年夫妻的分上，千万别伤了她们两个呀！"

"八年夫妻！"至刚咬牙切齿，手握得更紧，雪珂的神志都麻木了，连痛楚也无法感觉了。小雨点却痛得大哭了起来，努力想挣脱至刚，至刚的手指却像铁钳一般紧紧钳住了她瘦小的胳臂。"八年夫妻！亏你们说得出口！一家子全是无耻之徒！骗了我八年，装神弄鬼了八年，害了我八年，羞辱了我八年……现在还敢跟我提八年夫妻这四个字！"他用力把雪珂一推，双手举起小雨点，"这个孩子，是八年夫妻产生的吗？"说着，他用力把小雨点砸向墙上去。

雪珂醒了，像箭一般，她飞扑过去，遮在墙前面，小雨点重重地砸在雪珂胸前，雪珂痛得天昏地暗，却用力地抱住小雨点，不许至刚再把她抢回去。可是至刚力大无穷，就那么一扯，小雨点又回到了他手中。

"我错了，我错了，我错了，我错了，我错了……"雪珂一迭连声地喊了出来，跪下去，对着至刚磕下头去，她的前额重重地碰着地，磕得咚咚咚直响，"我无耻，我下流，我罪该万死……随你怎么处置我，打我，骂我，关我，烧我，占有我，屈辱我……随你，要怎么样就怎么样！但是，请饶了我的孩子吧！"她又跪向老太太，再咚咚咚磕下头去，"娘……"

"不许叫我娘！"罗老太怒吼。

"罗老太太！罗老夫人！"雪珂磕头如捣蒜，"请您开恩，饶了我的孩子！饶了我的孩子吧！"

"至刚！"嘉珊不知从哪儿跑了出来，去拉至刚的手腕，"你就饶了那孩子吧！"

"滚开！"至刚怒骂，"你不想活了，今天谁也别想拦我！滚！"他用力一推，嘉珊就摔了出去。

"好了！"王爷大吼了一声，挺身而出，拦在至刚面前，"把小雨点给我！"

"给你？我为什么要给你？"至刚一声大叫，伸手就掐住了小雨点的脖子，"我掐死你！我掐死你！"

小雨点又呛又咳又哭，一口气提不上来，眼睛往上翻，翡翠、王爷全扑过来救人，雪珂想也来不及想，就张开嘴，一口咬在至刚手腕上，狠狠地咬住不放，至刚痛极松手，王爷飞快地抢到了小雨点。而至刚快要气疯了，抬起脚来，他一脚踹翻了雪珂，又一耳光对她挥去。雪珂身子飞出去，跌落在墙角，嘴边流出血来。

翡翠慌忙扶住，哭着叫："格格！格格！格格……"

这一阵大闹简直惊天动地。小雨点喘过气来，缩在王爷怀中，呜呜咽咽抽噎不止。王爷脸色惨白，跺着脚说："罢了！罢了！闹到这种地步，那么只有一条路了！从今以后，咱们两家恩断义绝！两不相干！现在，雪珂和小雨点，我要一并带走！"王爷说着，就扬声大喊，"李标！赵飞！来人呀！"

李标、赵飞等四个大汉应声而入，往房里四角一站。

至刚看着这四人，看着王爷，看着雪珂，忽然仰天大笑起来："好，好，好！全是有备而来！软的不成就来硬的！把我们罗家当成了王府！好，好，好！"他扫视着王爷等人，"你们未免把人看扁了！想要打架，是吗？王爷！你以为你还是王爷吗？哈哈哈哈！"他狂笑着，重重地一击掌，学着王爷的口气扬声大喊，"来人呀！"

房门豁然大开，老闵带着一排军人，荷枪实弹地站在房门口。

王爷脸色惨变。

"现在，你给我听着！"至刚指着王爷和福晋，凛然地说，"小雨点和雪珂，既然进了我们罗家门，就休想出我们罗家门！我说过，我要一天天、一月月、一年年地跟她算账，现在，又多了个小野种！这笔账，我会慢慢算清，加倍讨还！至于你们两个，给我滚吧！你已经是被时代淘汰的老古董，带着你的四个窝囊废，一起滚吧！别在这儿丢人现眼了！"

李标动了一下身子，王爷急忙抬起手来："李标！不得鲁莽！"

"哈哈哈！"至刚狂笑，"毕竟是王爷，知道轻重厉害！"他大步向前，一伸手，抢过小雨点来，"我家的丫头，由我来处理……"

雪珂一惊，顾不得嘴角肿着，顾不得在流血，也顾不得浑身的疼痛，更顾不得尊严与面子，她撑持着，连爬带滚地膝行到至刚面前，哀求地抬头看他："请不要伤害我的父母，让他们平平安安地走！我在这儿，随你怎么处置！你……也放了小雨点吧！让她跟我的父母一起走，好不好？好不好……"

嘉珊走过来，也对至刚跪下了。

"至刚！"嘉珊含泪说，"咱们是积善之家，何苦为难一个小孩子呢？你算是为玉麟，做件好事吧！"

"放掉小雨点？你们做梦！"至刚狂叫着，"她是老天赐给我的！要让我慢慢来消除胸中的积怨！谁再多说一句话，谁就吃不了兜着走！嘉珊，你也一样！如果活得不耐烦，我也有办法让你求生不得，求死无门！你要不要试试看！"

嘉珊一吓，什么话都不敢说了。

至刚一回头,手指着王爷和福晋,对门外的军人大声吩咐:"把这老头和老太婆,给我撵出去!"

王爷和福晋带着四名亲信,当天就来到了寒玉楼。

高寒是那么惊愕与震动。小雨点的身世,居然被拆穿!小雨点和雪珂,居然被囚!那个罗至刚,居然真的与军方有联系,而且能立刻调兵遣将!王爷、福晋和四名高手,居然被逐出罗宅!这每一件事,都让他又急又惊又害怕——雪珂和小雨点身陷重围,这一下,该怎么办?

"我真后悔,"王爷激动地说,"如果接受你上次的建议,让李标他们保护你们逃走,说不定你们已经逃成功了!"

"不!"高寒摇了摇头,"我现在才知道,雪珂警告我的话是真的,这个罗至刚并不是纸老虎,如果我和雪珂冒险逃走,也不是那么容易的事!"

"但是,总比现在的情况好!"王爷痛定思痛,"我是那么自信,能轻易救出小雨点!我是那么自信,只要你不介入,雪珂和至刚的婚姻就会幸福!唉!"王爷长叹,"一错再错,竟错到今天这个地步!想当初,为什么不让有情人终成眷属呢?为什么一定要拆散人家小夫妻呢?"

高寒眼中蓦地充满了泪水。

"王爷,你终于打算承认我了?"高寒哑声说,"虽然现在已经到了最糟的地步,我仍然为你这句话而感动!"高寒说完,站起身来就向门外走。

"亚蒙!你去哪里?"王爷惊问。

"我去罗家!我去找那个罗至刚!"高寒坚定地说,"现在,是两个男人该面对面的时候了!"

"不行!你给我回来!"王爷大惊地说,"你以为那罗至刚会跟你心平气和地谈道理,讲义气,论英雄吗?他会承认你们那天地为证的婚姻,而感动得涕泗交流,把雪珂和小雨点还给你吗?你不要幼稚了,一个小雨点,已经让罗至刚快发疯了,再加上一个你……罗至刚会把你们三个一起杀掉的!"

"对对对!"福晋急忙拦住高寒,"千万去不得!你这一去,是成事不足,败事有余!"

"那,我们要怎么办?"

王爷眉头一皱,眼神阴郁,他坐在那儿,沉吟不语。片刻,他倏然抬头,稳定地说:"叫李标他们四个和你的阿德,统统进来,我们要一起共商大计!"

高寒凝视王爷。一瞬间,在这老人脸上,依稀又看到当年那运筹帷幄、叱咤风云的威武人物——不折不扣的一个"王爷"!

这一夜,罗府中几乎没有什么人睡觉。

小雨点被冯妈带走了,在罗老太的命令下,押进磨坊,彻夜磨豆子。

至刚躺在雪珂房中,双手枕在脑后,他整夜瞪着帐顶发呆。经过了那么大的一场发作之后，狂怒的情绪已经消退，现在，他剩下的是筋疲力尽和无边无际的悲愤。这悲愤的感觉，像冬季黑夜的潮水，冰冷彻骨，黑暗无边，把他整个吞噬住。

雪珂跪在床前，一整夜，她就跪在床前。头发是散乱的，嘴角是肿胀的，眼神是狂乱的，身子是颤抖的。好几度，她都摇摇欲坠要倒下，但她依旧坚忍着，不让自己倒下去。翡翠一会儿端茶给至刚，一会儿送水给雪珂，室内静悄悄的，她也不敢说任何话，当至刚偶尔对她怒瞪过来，她就慌忙跪下去，陪着雪珂一起跪。

这样折腾到天亮。至刚微侧过头去，在晨曦的光晕中，去看雪珂的脸。她如此狼狈，如此憔悴，带着伤，散着发，她不再美丽。这个负伤的、被囚禁的女人已不再美丽！他有胜利感，有报复后的快感，他总算把她那份虚伪的高贵给摧折了！但是，这快感一闪即逝，起而代之的是更深刻的哀愁。她动了动身子，感到他在注视自己，雪珂扑向前去，迫切地迎视着他的目光。她哑哑地、轻轻地、怕怕地……却十分勇敢地开了口："至刚！我已经说了几千几万个对不起，但是，我想不出其他的字句能代表我对你的歉意，我知道……今天即使把我碎尸万段，也难消你心头之恨……这种伤害，大概我一世做牛做马也弥补不了！"

他死死地盯着她。

"前几天，你说你爱我，要和我重新开始！"她把整夜在心中盘算了千遍万遍的话，一股脑儿地倾吐出来，"现在，发生了小雨点的事，大概那份爱已被刻骨的恨所取代了！爱也好，恨也好，你说了，要和我算一辈子的账！至刚，我等在这儿，我守在这儿，让你算一辈子的账！可是，小雨点，她生也无辜，错都是我犯的，不是她犯的！你惩罚我，放了小雨点吧！"

"说了半天，"至刚冷哼了一声，"你还是在为小雨点求情！事情发生到现在，你心里唯一的盘算，就是怎样救小雨点，是吗？是吗？"

"是。"她坦白地说，泪又盈眶，"请你告诉我，怎样才能救小雨点，请你告诉我！"

"晚了！"他去看帐顶，"晚了！"

"怎么晚了？"她去轻拉他的手。

他一唬地转过身来，怒拍了一下床沿。

"这全是你自己造成的！你千不该万不该欺骗我！当我向你剖白我的真心的时候，我是那么诚恳，你的过去，我全不计较了！我那么真心待你，你为什么不对我坦白？如果你早告诉我有个小雨点，我生气归生气，总不至于承受不住这个打击！为什么要让娘来告诉我？让我被那种受骗上当的感觉逼得要发狂？"他猛然从床上坐起，激动得喘息不已，"你是真不明白还是假不明白？为了你，我把所有男性自尊都踩在脚下，我真的不预备去计较你的过去了！小雨点属于你的过去，我那么真心地要包容一切，我有这个度量，为什么不能包容小雨点呢？如果你老早对我推心置腹，对我坦白，我会成全你的，我会让你父母带走她的！"

雪珂震动地看着至刚，迫切地抓着他的手。

"那么现在呢？还有没有挽回的余地？"

至刚深吸了口气："现在，晚了！"

"那么，你要把小雨点怎样呢？"

"不怎样！"至刚冷冷地说，"小丫头该做些什么，她就做些什么！但是从此，她是娘的丫头，由娘来支配！冯妈来管理！你和她不许见面！"

她用双手捧住至刚的手，迫切地看进他眼睛深处去。

"为什么要这样累呢？你并不真正恨小雨点，你恨的是我！从今以后，我会对你好，我全心全意对你好。至于你如何对我，我都把它视为一种恩宠！至刚，我终于有些了解你了！昨天，你在那样的狂怒中，仍然放掉了我的父母！在你心里，始终有那么柔软的一片天地！是我太愚昧太忽略了，才一而再，再而三地伤害你……如果，你现在还肯原谅我，还肯放掉小雨点，我对你的感激会深不可测！在这样深不可测的感激中，此生此世，你将是我唯一的主人！唯一的神！至刚，不要说晚了，假若我们都有诚意重新开始，那就永远不会晚，是不是？我们才浪费了八年，还有无数个八年在前面等着，你为什么一定要让小雨点待在这个家庭里,成为我们之间真正的绊脚石呢?那不是太笨了?"

至刚用奇异的眼光盯着雪珂。她说得那么热切,那么真挚,面颊因激动而染红了,眼睛因渴盼而闪着光彩。怎么,这个女人又绽放出这般的美丽!几乎是让人炫目的。

"你的字字句句,都是为小雨点而说!"至刚抽了口气,"现在,在你身上放着光彩的,是你的'母性',绝不是你对我的'爱情',我对你了解得已经相当透彻了!可是——"他又深抽一口气,"你这番话仍然打动了我,真的打动了我!"

"相信我!"雪珂更迫切地说,"请你相信我,这次是真心真意的,只要你放了小雨点,我就全心全意守着你,做你一生一世的贤妻!"

他凝视着她:"我需要冷静地想一想,考虑考虑!"

她再握住他:"在你考虑的时候,可不可以让小雨点好过些,她只是个小孩子,她什么都不知道!"

至刚咬咬牙,长叹一声。

"你放心,如果不是气极了,我们罗家,何曾虐待过丫头?"他走下床来,"我去吩咐冯妈,让小雨点停止推磨睡觉去!"

雪珂眼中一热。终于,终于,终于,终于……在混乱的黑暗中,有了一线光明,只要能救出小雨点,她什么都不在乎了。亚蒙，这名字从心头划过，像一把锐利的小刀子，划得好痛。亚蒙将成过去的名词，永埋记忆的深处。对不起！在她的生命中，有太多的"对不起"。亚蒙，对不起！

就在雪珂已经说动了罗至刚的时刻，王爷和高寒却采取了行动。

这天午后，有个年轻的小伙子，单枪匹马来访罗至刚。一进门，就表明了态度，有事必须面告罗家少爷。老闵把他带过层层防卫的大院和长廊，进入了大厅。

罗至刚出来一见，不禁怔了怔，这小伙子好生眼熟，不知何时曾经见过，他正犹豫，小伙子已笑嘻嘻地揖了一揖。

"罗少爷，我是寒玉楼的阿德！上次您驾临寒玉楼，就是我招呼您的！"

哦，寒玉楼！罗至刚恍然大悟，跟着恍然之后，却是一阵狐疑。寒玉楼，家里接二连三地出事，他几乎已经把寒玉楼给忘了。他瞪着阿德，阿德眼光扫着老闵。至刚对老闵一抬下巴："这儿没你的事了！下去吧！"

老闵走后，阿德从怀中慎重地掏出一封信来："咱们家少爷，要我把这封信，亲手交到您手里！"

至刚更加狐疑，接过了信。

阿德并不告辞，说："少爷说，请您立即过目，给一个回话！"

至刚拆开了信,只见上面简简单单地写着:

心病尚需心药医,冤家宜解不宜结,有客自远方来,九年恩怨说分明,欲知详情,今晚八时,请来寒玉楼一会!

至刚心中一惊,猛地抬头,紧盯着阿德:"你们少爷还告诉了你什么?"

"我们少爷,这两天家中有客,十分忙碌,他要我转告,事关机密,请不要劳师动众,以免打草惊蛇。信得过信不过都在你,他诚心邀你一会!"

至刚听得糊涂极了,但他所有的好奇心、怀疑心全被勾起,只感到心中热血澎湃,激动得不能自已。他把信纸一团,团在手中,紧紧握牢:"告诉他,晚上八时我准到!"

至刚并不糊涂,虽然对方说"不要劳师动众",他仍然带着四个好手去赴会。到了寒玉楼,才觉得四个好手有点多余,整个寒玉楼孤零零、静悄悄地耸立在清风街上,楼里透着灯光,看来十分幽静。

"你们四个,在外面等着,我一拍手,就冲进来!"

"是!"

埋伏好了伏兵,他才敲门入内。

阿德来应门。至刚一进门内,就不禁一怔。只见整个店都空了,那些架子都光溜溜的,屏风、字画、古董、玉石一概不见。店里收拾得纤尘不染,空旷的房子正中放着一张桌子、两把椅子,桌上有一座小炉,上面烧着一壶开水。旁边放着两个茶杯。高寒正在那儿好整以暇地洗杯沏茶。

阿德退出了房间,房里只剩下高寒和至刚二人。

"请坐!"高寒把沏好的茶往桌上一放,指指椅子。

至刚四面看看,不见一个人影。心里怦然一跳,戒备之心顿起,疑惑也跟着而来,他凝视高寒,简短地问:"你葫芦里在卖什么药?赶快明说!我没时间多耗!你说'有客自远方来',客呢?怎么不见?"

"你已经见到了!"高寒抬起头来,正视着至刚,"那个客人就是我!"至刚震动地抬眼看高寒,两个男人都深刻地打量着对方。至刚再一次被高寒那股儒雅的气质、英俊的容貌和那对深不可测的眼神所震慑住,这个男人,这个名叫高寒的男人,到底用心何在?

"你是什么意思?"至刚勉强稳定住自己,沉声问。

"你已经知道我名叫高寒,我相信你也已经打听清楚了我的家世。"高寒静静地说,"但是,我还有另一个名字,九年前,我姓顾,名叫亚蒙。"

至刚完全呆住了。

"如果你对顾亚蒙这名字也不熟悉,"高寒继续说,"那么,你一定知道雪珂,知道小雨点!雪珂是我的妻子，小雨点是我的亲生女儿！我们一家三口，已经失散八年了！"

至刚怔在那儿，死死地盯着高寒，惊愕得失去了思想的能力。好半天，他才回过神来。看看门外，他来不及拍手叫人，就听到身后，有个声音说："至刚，宴无好宴，会无好会！"

他一惊回头，王爷和福晋正站在身后。

"你不用叫人了！"王爷从容不迫地说，"你手下的四个人，已经弃械投降了。你大概没有想到，我也可以从北京连夜调来人手！所以，现在没有人会来干扰我们，是我们几个，该开诚布公，好好地谈一谈了！"

第十三章

至刚带着四个人出去,彻夜未归。

罗老太一早就觉得眼皮跳、心跳、肉跳……不祥的预感把她紧紧包围了。这些天以来,家里动不动就大的哭、小的叫,鸡飞狗跳。又弄了好些军人住在侧院,又是枪又是刀的,看起来就触目惊心。这样发展下去,家里一定会出大祸的,她不安极了。而嘉珊,已经六神无主了。

"娘,"嘉珊着急地说,"咱们要不要去吴将军那里找找看,会不会醉倒在人家家里了?"

"如果是喝醉了,迟早是会送回来的!"老太眼睛一瞪,"雪珂呢?"

"在……在……"嘉珊嗫嚅着。

"在干吗?"老太怒声问。

"在……给小雨点上药,那孩子……浑身又青又紫的,翡翠和雪珂姐,在……在给她敷药酒!"

"我不是说不许她们见面吗?"老太一拍椅子,"谁让她们在一起的?"

"是……是……是我。"

"嘉珊!你!"老太瞪大了眼睛。

"娘!"嘉珊恳求似的看了老太一眼,"至刚昨天曾经特别交代,说是不要为难她们母女,如果她们要在一起,睁一眼闭一眼就好……他说,反正没有两天,雪珂和小雨点就会永别了!"

"是吗?"老太深思起来,"这么说,至刚心里已经有了打算?他要……送走小雨点?留下雪珂?"

"是!"嘉珊应着,斗胆说,"娘!我看至刚是要定了雪珂姐的,我们如果放掉小雨点,雪珂姐会感恩,夫妻说不定就和睦了。也显得咱们家雍容大度,息事宁人!"

老太沉吟不语,嘉珊忙着给老太搓纸卷,燃水烟袋。正在此时,老闵忽然急匆匆地进来报告:"老太太!老太太!"

"什么事跑得这么急?"

"王爷和福晋又来了!"

"哎!"老太一惊,"带了很多人吗?"

"那倒没有,只带了一个人!"

"谁？"

"没见过，一个个子高高的、穿长衫、相貌挺俊朗的人！他们说，有事要和老太太面谈！"

罗老太惊疑不止，一唬地站起身来。

"告诉侧院里的那些人，让他们准备准备！"

"是！"

罗老太昂首挺胸，非常威严地走进大厅。

一进大厅，罗老太的目光就被高寒吸引住了，好一个剑眉朗目、风度翩翩的人物！身材颀长，外表出众，一袭长衫，带着种飘然脱俗的韵味。罗老太活了大半辈子，阅人已多，却不曾见过这般英俊的人。罗老太还没来得及说什么，高寒已拱手为礼，朗声说："罗老太太，我先自我介绍，我名叫高寒！"

"哼！"罗老太太哼了一声，掉头去看王爷和福晋，"你们一块儿来，想必有相同的目的，是什么？说吧！"

"好！"王爷接口，"你干脆，咱们也不啰唆，至刚和他的四名手下，现在正被我的二十名好手押着！我那二十人，也个个有刀有枪！"

罗老太大大地震动了，她瞪着王爷，仅从王爷的神色上，已知此事不假。她一阵心惊肉跳，只觉得天旋地转。扶着椅背，她勉强维持着自己。怪不得一早就觉得不祥，原来至刚出事了！

"老太太，请不要惊慌！"高寒往前走了一步，紧盯着罗老太,"只要您肯把我的女儿和妻子还给我,我们就会把您的少爷毫发无伤地送回来!"

女儿和妻子?罗老太跄踉一退,再度抬头,锐利地打量着高寒,颤声说:"你……你……你是谁?"

"在下高寒,又名顾亚蒙!"高寒抬着头,沉稳而清楚地说,"九年前,在北京大佛寺和雪珂成亲,有天地为证,菩萨为鉴。小雨点,是我的亲生女儿!如今母女二人,都陷身贵府,你们高抬贵手,我们也会立刻放人!"

罗老太目瞪口呆,老闵在门口伸头看动静。

"再有!"王爷接口,扫了老闵一眼,"我们三个,如果一个时辰内不赶回去,罗至刚就性命不保了!"

罗老太深抽了口气,走上前去,把高寒从上到下仔仔细细地看了一遍:"原来是这样的!原来你就在承德,和雪珂纠缠不清!你们如此欺瞒至刚,如此掩耳盗铃!亏你还口口声声说是妻子女儿,我们不这么说的!我们管你们这种人叫奸夫淫妇,叫小雨点是孽种……"

"小心你的措辞!"高寒逼近老太,也把老太从上到下看一遍,"你面对的这个人,九年前被迫与妻子母亲分离,九年来历经风霜雨露,忍受妻离子散的痛苦,多少次倒下,多少次爬起,多少次在走投无路中挣扎……这些年来,他赖以存活的意念只有一个,找回失散的亲人!如今,老母已孤苦无依,死不瞑目地去了!女儿陷身于此,做着小丫头,为你们端茶送水。深爱的妻子,八年来生活在你儿子的枕边,被当成罗家的儿媳!你以为,我承受的还不够多?别在这样一个身心交瘁的人面前,逞口舌之利!造化弄人,我和您的儿子,各有各的悲剧!事实上,不是我来抢罗至刚的妻子,是罗至刚抢走了我的妻子!"

他顿了顿:"今天,我还肯跟您说这些道理,只因为尊敬您也饱经忧患,看过人世沧桑,又是一家之长!不要是非不分,颠倒因果!只要您一念之仁,放掉雪珂和小雨点,我们之间,仍可化戾气为祥和!您不妨三思!"

罗老太怔住了。只觉得高寒挺立在面前,像山一般高,浑身上下自有一股正气,咄咄逼人。一时间,她竟被逼得无言以对。两人相峙,各自打量着对方。

就在这时,雪珂拉了小雨点,从长廊中一路奔来,撞开了冯妈、老闵等人的拦阻,她直冲进大厅。

"亚蒙!"她上气不接下气的,喘着、咳着,颤抖着喊,"真的是你来了!"她转头看王爷和福晋,"爹!娘!"好像已经分别了几百几千年,此番再见,恍惚是几生几世以后,泪水夺眶而出。

"雪珂!小雨点!"福晋也喊着,"你们怎样?给我看看!至刚有没有伤了你们,给我看看!"

高寒一见到雪珂和小雨点,眼光就像被某种强大的磁力所吸引,再也转不开视线。雪珂顾不得福晋的呼唤,已急急忙忙把小雨点推向前,一直推到高寒面前去,嘴里急促而紧张地喊着:"小雨点!快见见——你爹!"

小雨点震动地站在那儿,纷乱而困惑。这接二连三发生的事情已经太多太多,简直不是她小小的心灵所能承受的。还没有从少奶奶变成"娘"的震惊中恢复,现在,又出现了"爹",她呆呆地站着,呆呆地看着高寒。

"小雨点!"雪珂迫切地喊,"你不认我娘,没有关系,但是,你一定要认爹呀!这是你爹,你亲生的爹,你从小没见过的爹!他真的是你的爹呀!"

小雨点抬头看着高寒,又慌乱又迷惑。爹?爹不是在新疆采矿吗?爹怎会在这儿呢?爹怎么会和王爷、福晋在一起?爹怎么站在罗家的大厅里呢?……几百种疑问齐集心头,但,这个高大漂亮的男人,看来如此亲切,如此熟悉呀!

"小雨点!"高寒痛喊了一声,蹲下身子,目不转睛地注视着这个从未谋面的女儿,那么清秀,那么玲珑细致,那么温婉美丽,那么楚楚动人呀!"小雨点!"高寒喉中哽着,"你奶奶有没有跟你说过,你爹小时候很顽皮,有一次去爬城墙,被只大狗在胳膊上咬了一口,流了好多血,你奶奶吓得从王府奔回家,以为你爹被疯狗咬了,会害恐水症死掉……"他挽起袖子,给小雨点看胳膊上那陈旧的伤痕,"这就是那几个牙印儿!"

"爹呀!"小雨点脱口惊呼,一下子扑进了高寒的怀里,"爹呀,爹呀……"她一迭连声喊着,泪如雨下,

"我和奶奶去找你，一直走一直走，都找不到你！爹呀！现在奶奶已经死了，她见不到你了！她见不到你了……"小雨点积压已久的苦楚，突然泉涌而至，一发而不可收，她抱紧高寒，号啕痛哭。

雪珂的泪也疯狂般地夺眶而出，流了满脸。她拭着泪，却拭也拭不完。小雨点她不肯认娘，却立刻认了爹！她心中又酸又痛：毕竟，她认了爹！以后，她有爹的照顾，她应该会幸福快乐了！雪珂转身，对罗老太太跪了下去。

"请让小雨点跟他的爹回去，"她说，"我会履行我对至刚的承诺，我留下，从此做罗家最忠实的儿媳，做至刚一生一世的贤妻！"

"雪珂！"高寒惊喊，迅速地站起身子来，"现在，你已经不必作这样的牺牲了！我们一家三口，是团圆的时候了！你不要怕，那罗至刚现在在我们手里，我们要用他来交换你们母女两个！"他一抬眼看罗老太："罗老太太！你怎么说？"

福晋擦了擦眼睛，红着眼眶，对罗老太也跨前一步。

"你就成全了这个家庭吧！你看他们这种样子……恻隐之心，人皆有之。不是吗？"

"我们带走雪珂和小雨点，"王爷接口，"马上就放至刚回家！这样各得其所，不是皆大欢喜吗？"

罗老太挺着背脊，面不改色。小雨点认父亲这一幕，确实也曾让她心中感动，但是，他们竟联合起来，扣押至刚，再胁迫她放人，这太卑鄙了！一人换两人，这又太便宜王爷了。何况，如果她放了人，王爷却一不做二不休，斩草除根，以绝后患呢？老太太一转念间，已不寒而栗，她不信任王爷，也不信任高寒！

"老闵！"她回头大声说，"把雪珂和小雨点，给我带回房去！"她抬头看看高寒和王爷："你们可以换小雨点，但是，不能换走雪珂！雪珂是我们罗家三媒六聘，大肆铺张娶进门的媳妇，是你王爷亲自嫁给我们的女儿，现在，不能让别人随随便便认了去！这件事，就算我答应，至刚也不会答应！我现在放小雨点，已是情迫无奈，你们不要逼我！逼急了，双方都有人手，刀枪不长眼睛，谁都不见得讨着便宜！你们要换人，说个时间地点，我们交小雨点，你们还我一个好好的至刚！如果至刚有一丁点儿差错，我会在雪珂身上讨还！"

"不行！"高寒激动地说，"雪珂和小雨点，我缺一而不可！我保证还你一个健健康康的罗至刚，但我要换回她们两个！"

"不不不！"雪珂转向了高寒，急切地说，"求求你不要再争了，能够看到你们父女团聚，我已经感恩不已！老太太说得对，我是爹娘做主嫁过来的，于情于理，我都无法离开罗家！亚蒙，求求你！不要再争了！你把至刚还回来，早些把小雨点带到南边去吧！她已经过了八年颠沛流离的岁月，实在不能再受折磨，请你给她一个安定的生活，一个温暖的家，我会在承德，为你们遥遥祝福！这，就是我此生最大最大的安慰了！"

"雪珂！"高寒震动地喊，"你变了！为什么你忽然自愿留下？难道你不珍惜一家团聚的日子吗？"

"你不懂！"雪珂哭着说，"至刚要我的心意是那么坚强，如果我真跟你走了，天长地远，我们永无宁日，罗家和爹娘，难道真的武力相向，冤冤相报，何时能了？请你，请爹娘谅解……我要留在罗家，我不能跟你们走！"

"好了！"老太太大声说，"够了，不要再多费唇舌！你们说个时间地点，我们换人！现在，雪珂和小雨点，进里面去！"

雪珂急忙爬起来，去牵小雨点的手。高寒本能地搂住小雨点一退。王爷拉了拉高寒："算了，我们换回一个是一个！"他抬头定定看着罗老太，"明天早上九点，我们在清风街寒玉楼见面！"

雪珂再幽幽地、深挚地看了高寒一眼，这一眼中包含了千言万语。她握紧了小雨点的手，把她往屋后的回廊深处带去。小雨点还没有从认父的震动中恢复，一步一回头，一回头一声呼唤："爹！爹！爹……"

"小雨点，"雪珂哽咽地说，"不要急，从明天开始，你和爹就再也不会分开了！"

客厅里,高寒的眼光和高寒的心,都跟着雪珂母女,一齐往回廊深处飞去。王爷及时拉了高寒一把,别有深意地说:"话已说完,我们也该走了!亚蒙,洒脱一点!是你的,总归是你的,不是你的,就命定不属于你!"

这天晚上,罗老太突发善心,让小雨点和雪珂共度最后一夜。当然,罗老太也经过了内心的挣扎,自从至刚一句"我爱她"开始,老太太第一次试着去透视至刚的内心世界,终于明白了一件事,失去雪珂比失去他的生命还严重,这使她在接二连三的意外事件中,一直能肯定一件事,要留下雪珂!虽然,用她的天平来称,十个雪珂,一百个雪珂都没有一个至刚重要。若能换回至刚,她才不在乎雪珂的去留。可是,她深怕至刚失去雪珂后,就像雪珂在大厅里说的,"天长地远,永无宁日"!至刚会用他整个后半生来追寻报复,于是"冤冤相报,何时能了"?如果说,老太太终于会对雪珂有了一念之仁,就是从这篇话开始的。

当然,老太的另一个震撼,来自高寒。她一直认为雪珂和奶妈的儿子"通奸",这顾亚蒙是个"下等人",如今一见,不论风度、仪表、谈吐,都是这么不凡。而九年以来,情有独钟,天涯海角,追寻至今!这种事实,使老太那女性的内心,激荡不已。

因而,她答应了雪珂,这晚,让小雨点睡在雪珂房里。给母女两个,一个诀别的机会。

"少奶奶，"小雨点躺在床上，实在是睡不着，心里翻腾汹涌，全是几日来的大震动，"我明天就跟爹去了，那么，你呢？"

雪珂心中一酸。她手里，正忙忙碌碌地在为小雨点缝制一件新衣。她深深地看了小雨点一眼，她叫爹已经叫得那么顺了，叫她却仍叫"少奶奶"。

"我……"她咽了口气，回答，"我还是继续做罗家的少奶奶！"

"可是……"小雨点一呆，"你不是说，你是我娘吗？"

雪珂心中又一酸。"奶奶不是告诉你，你娘早就死了，你就相信你娘已经死了吧！我不是你娘，我是少奶奶！"

"可是……"小雨点发急了，"你原来一直说是的！翡翠姐姐也这么说，王爷、福晋也这么说……大家都这么说呀！怎么又不是了呢？"雪珂眼泪一掉，拥住了小雨点，紧紧、紧紧地抱于怀，颤声说："不要管大家怎么说了！明天你就要离开，从此跟着你爹，我们再也不会见面，你明白吗？好好地跟着你爹过日子去，从此，忘掉我这个罗家少奶奶吧！"

小雨点哭了。

"我不要忘掉你！你是世界上对我最好的人，你帮我擦灯罩，帮我上药，给我好东西吃……你对我这么好这么好，我不要忘掉你！"又说又哭地，就咳了起来。

雪珂也哭了,一边哭,一边拍着小雨点的背脊。

"睡吧!孩子!"她哽咽地说,"折腾了几天都没睡,该好好地睡一觉,醒来,就见着爹爹了!睡吧!"

她把小雨点放倒在床上,拉起棉被,好细心、好温柔地盖住她。小雨点抽噎着,但是,实在太累了,眼皮好重好重,终于,眼睛慢慢地合上了。

雪珂坐在床边,含着泪,又开始缝手里的衣服。

翡翠悄悄地走了过来:"格格,这下摆的边,让我来缝吧!"

"不!"雪珂咽着泪说,"她活到八岁,没穿过一件我亲手做的衣裳,到了罗家当小丫头,全是穿大丫头的旧衣服,说有多难看,就有多难看!明天要和她的爹团聚了,起码要穿件像样的衣服去。这件衣裳,我要一针一线,亲手为她做,等她长大了,懂得人间的悲欢离合,能了解我的苦衷,而能原谅我不得不离开她的无奈时,她或者会拿着这件衣服,想一想我这个亲娘!"

雪珂的话才说完,小雨点已从床上翻身而起。

"你还说你不是我的娘!"她流着泪喊,"我都听到了!我每个字都听到了!你明明就是我的娘嘛!"她抬着泪眼看雪珂,"我不肯叫你娘,是因为我很难过嘛!你若是我娘,为什么生下我却不要我,那一定是不爱我,我很难过嘛……"

"我知道,我知道,我知道……"雪珂泪如雨下,

"是我对不起你呀!"

"可是,我现在知道了!"小雨点哭着喊,"你是这么这么爱我,你根本就是我的娘呀!"她张开手臂把雪珂紧紧地抱住,一迭连声地喊,"娘!娘!娘!娘……"

雪珂搂紧了小雨点,把她小小的头,紧压在自己肩窝里。浑身颤抖,泪如泉涌。哦,她的小雨点,她终于认了她,终于叫她"娘"了!八年以来,只有在梦中听过这样的呼唤呀!

窗外,罗老太十分震撼地看着这一幕。更加震撼地发现,自己的眼眶居然湿了。

第十四章

这是至刚被囚的第二个晚上。

王爷和高寒并没有虐待他们的俘虏,一日三餐,有酒有菜,床褥也非常干净柔软。偶尔,王爷会进来试图和他沟通,谈谈九年前捉拿雪珂、充军亚蒙、下胎不成、送儿出府、强迫成婚……直到雪珂断指的种种经过。王爷并不是一口气说的,因为至刚那么暴怒,那么不肯面对"被囚"的侮辱和"被欺骗"的悲愤,所以,往往王爷才说了一个起头,就被至刚的一阵怒吼给吼回去了。王爷也不急,也不生气,只是随时进来讲那么一点点。但讲到第二天晚上,故事也讲完了,至刚的火气也被磨光了,当暴怒慢慢消去之后,至刚总算能咀嚼王爷说的故事了,他咀嚼出很多雪珂的悲哀,咀嚼出很多王爷的过错,但更多更多的,是属于自身的失落和悲痛!原来,

"寒玉楼"的典故在此！原来，买鸡血石的幕后是如此这般！可怜的罗至刚，却一厢情愿地在为自己编织美梦！雪珂到底和高寒幽会了多少次？他一遍一遍回忆，很多事都恍然大悟，然后，就被嫉妒折磨得心力交瘁。在这种情况下，对高寒，他恨之入骨，所有的思绪当中，绝对没有丝毫同情高寒的心绪。

这天晚上，高寒走进了至刚的囚室。

"对不起！"高寒在他对面的椅子上坐下，中间有张桌子，上面放了茶水，"这两天委屈了你。明天一早，你就可以回家了！我答应了令堂，毫发无伤地让你回家！"

至刚震动地瞪视着高寒。

"你们提出了什么条件？"他吼着说，"我娘答应了什么条件？"

"我们希望……"高寒的声音不疾不徐，眼底，有种深沉的悲哀，"用你来交换雪珂和小雨点！"

"我娘答应了？"至刚跳了起来，声音陡地抬高了，"我娘答应了？是不是？我告诉你！"他指着高寒，"今天我是虎落平阳被犬欺！你不如杀了我，你留我一个活口，我只要一脱困，哪怕是天涯海角，我也要把你们找到！你们逃得了一时，逃不了永远，我和你们永不甘休……"

"请不要激动，"高寒指了指椅子，"坐下来，听我把话说完！"

"我不听！我为什么要坐在这儿听你说话？"

"因为我们的希望并没有达成!"高寒慢慢地说,"令堂只肯放小雨点,不肯放雪珂!而雪珂自己,居然也坚决地表示,只要小雨点能跟我走,她将留在罗家,实践对你的诺言!"

至刚整个人愣住了,他身不由己地坐下,呆呆看着高寒。

"什么?雪珂这么说?"

"是!雪珂这么说!"高寒紧盯着至刚,"她说的话和你说的很相似。她说,你要她的心愿那么强烈,如果她跟我们一起走,你会天涯海角追着我们,让我们永无宁日!我想,雪珂对你是非常了解的,所以,她自愿留下,成为你的俘虏,你的人质,来换取我和小雨点、王爷和福晋的平安。这两天,我们迫不得已囚禁了你,你已经暴跳如雷,雪珂却自愿被你囚禁终身!"

至刚转动着眼珠,心里思潮起伏。他恨恨地看着高寒,仰了仰下巴说:"你希望我听了你这些话会怎样?放掉雪珂,让她跟着你双宿双飞?你这个莫名其妙的混蛋!你破坏了我的婚姻,诱拐了我的妻子,侮辱了我的自尊,又把我骗到此处,用下三烂的手段拘禁我……你给了我这么多耻辱,难道你还希望我成全你?哈哈哈哈!"他纵声大笑起来,"雪珂不愿跟你走,让我告诉你真正的原因是什么?因为我和她毕竟做了八年夫妻!八年里,点点滴滴,时时刻刻,我们相处的时间,一天加起来比你们当初一年加起来还要多！雪珂心中的你，不过是个海市蜃楼！而我，是真正存在的！是真正的'丈夫'！所以，当她终于有权在两个男人中间选一个的时候，她选择了我，而不是你！"

高寒的脸色，变得像纸一样苍白。他那深邃的眸子，一瞬也不瞬地盯着他。"假若你确信如此，也果真是如此，那么，雪珂的选择就选对了！她等于选择了她终身的幸福，而你，也给得起她终身的幸福！那么，我也可以带着小雨点，死心地去了。但是，万一雪珂不是你所想的，而是我所想的，怎么办呢？"

至刚怔了怔。

"哼！"他哼了一声，扬起眉毛，"那也不劳你费心，雪珂是我的妻子，她的快乐是我的事，她的悲哀也是我的事！我根本用不着坐在这儿和你讨论雪珂未来的幸福！反正，她的未来都是我的事！"

"我想，"高寒忍耐地说，眼中的悲哀更深刻了，"我们用不着再来讨论，雪珂是谁的妻子！现在，放在眼前的事实是，我们两个，都要雪珂！"

"而雪珂，她要的是我！"至刚胜利地大声说。

"请你有时间的时候，从头细想。从你们的新婚之夜，从断指立誓，从小雨点出现……你一件件想过去！如果，你真能说服自己，我也无话可说，如果你不能说服自己。如果你发现，雪珂跟着你，确实是个悲剧，你能不能发一发慈悲，放了雪珂？"

"呵！你说到主题了！"至刚怪叫着，"我不能！你根本不必做这种梦中之梦！我不会放掉雪珂的！她心中有我，我不放她！她心中没我，我也不放她！你听到了没有？够了没有？反正我和雪珂，今生今世休想分手！"

高寒站起身来，默默地看了至刚好一会儿。

"你一定要一个心碎的、绝望的妻子吗？看着雪珂受苦，就是你的胜利吗？以后还有数十年的岁月，你忍心让雪珂痛楚一生吗？每天面对一个空壳似的女人，这样，你会快乐吗？"

"这些鬼话，全是你的假设！"至刚暴跳着，"雪珂已经选择了我，这就是我的胜利！随你怎么说，我不会为你们感动的！我也绝不会放弃雪珂的！就算以后数十年岁月，她将痛楚过一生，这一生也是属于我的！"

高寒深深地抽了口冷气，再看了至刚一眼，觉得再说任何话都是多余，他默默地转身出去了。

至刚看着高寒的背影，突然感到这背影上载负着无尽的悲苦。他震动地坐在那儿，第一次体会到高寒这个人物的处境，其实比他更可怜可叹！

一清早，雪珂就给小雨点穿上了那件刚出炉的新衣。衣服是用红色软缎缝制的，领口、袖口、裙摆都镶着最精细的花边。小雨点这一生，先跟着奶奶流浪，打零工赚生活费、推车、洗衣、赶鸡赶鹅，什么苦日子都过过。

接着来罗家做小丫头,更是粗细活儿都得做。所以,从有记忆起,就穿着粗短衣、布裤子,从没和丝绸沾过边。这时,穿了件绣花的衣裳,系了条拖到鞋面的长裙,她简直兴奋得手足失措。对着镜子,她连大气都不敢出,生怕呼口大气,那件漂亮衣裳就不见了。

"来吧!"雪珂强忍着心中酸楚,对小雨点说,"有了新衣服,也该梳个漂亮的头!"

她把小雨点的发辫放松,用梳子小小心心、仔仔细细地梳着。梳了两个发髻盘在头顶上,又找来一些发饰,为她插在发际,打扮完了,看了看,简直是个小格格呢!

翡翠在一边含泪说:"这才是真正的小小姐了!小雨点呀!以后,别忘了你娘是怎么疼你的!"

小雨点困惑地抬起头来,抱紧了雪珂。

"娘!今天我跟爹爹去,你也一起去,是不是?"

"不是的!我昨晚都跟你说清楚了,不是吗?你跟爹爹去!我还要留在罗家做少奶奶呀!"

小雨点纷乱极了,实在弄不清楚,为什么自己的娘,不跟自己的爹在一起,偏偏要当罗家的少奶奶?但她也没时间再去弄清楚了,罗老太出现在房门口,极具威严地问了一句:"小雨点准备好了吗?我带她去寒玉楼!"

雪珂心中碾过一股热浪。

"老太太!"她哀求地喊着,"能不能允许我跟你们一起去?以后……就再也见不到小雨点了,好歹……让我送她一程。"她热烈地盯着老太,"行吗?行吗?"

老太看了看雪珂,又看看小雨点,心中一叹。

"一起去吧!"

寒玉楼的门开了。

王爷、福晋和高寒站在门内。罗老太、雪珂、翡翠牵着小雨点走了进来。

"至刚呢?"罗老太冷冷地问。

"阿德已经去请了!"高寒说,眼光深深地、深深地看了雪珂一眼。

表面上,寒玉楼很安静,罗老太和王爷等两批人也很镇定。但是实际上,这个早晨大家都很忙碌,罗家侧院里的人全部出动,而寒玉楼中,显然也四面埋伏。所以,这间大厅里虽然空荡荡的、静悄悄的,空气里,却有着"山雨欲来风满楼"的紧张情势。

大厅后面的门一响,阿德陪着至刚走出来了。

"至刚!"罗老太激动地一喊,"你怎样?你好吗?有没有伤着哪儿?"

"我很好!"至刚简短地答了三个字,眼光就落在雪珂身上了。他往前一跨步,震惊地问:"你来干什么?"他又掉头去看罗老太,"娘!你答应用雪珂和小雨点来交换我吗?"

"没有!"罗老太叹息地应着,"你的心事,我还不了解?雪珂只是送小雨点一程而已,她要跟我们一起回家！"她转头盯着雪珂，"好了！我们把人都交清楚了，就该回去了！"

雪珂顿时心痛如绞。她蹲下身子，再紧抱了小雨点一下，就把她往高寒怀中推去。

"去吧！"她低语，"去找爹爹呀！"

"爹！"小雨点嚷着，扑进高寒怀里去了。

"好了！咱们走吧！"罗老太一拉至刚。

"走吧！"至刚一拉雪珂。

雪珂眼睁睁看着小雨点，再看高寒，又看王爷和福晋，眼中已泪雾模糊："爹，娘！你们帮我向小雨点解释，她太小，她什么都不明白……"她又哽咽地转向高寒，"亚蒙，要好好爱她，要好好照顾她，要给她一个温暖的家……"

小雨点越听越惊，突然间，她挣出了高寒的怀抱，飞扑回雪珂的怀里。

"娘！娘！"她急切地喊，泪水盈眶，"你既然是我的娘，为什么还要去做罗家少奶奶呢？娘！求求你不要丢下我！我从小没有娘，刚刚才知道你是我的娘，我不要跟你分开呀……"她又扑过去拉高寒，"爹！你叫娘不要走！你叫娘跟我们在一起……"说着，又奔向雪珂，气极败坏地说，"娘！你真的是我的娘吗？你不是骗我的吗？小时候你不要我，为什么现在又不要我……"

雪珂眼睛一闭，落泪如雨。

至刚用力拉了雪珂一把,暴跳地叫:"这又是你们出的新花招,是不是?雪珂,你赶快跟我们走,再逗留一分钟,我就不客气了!"

"至刚!"福晋往前站了一步,泪眼模糊地说,"人家母女天性,这一刻已经是肝肠寸断,你也是有儿子的人,体谅体谅吧!"

"至刚,"王爷接口,声音里已全是哀恳,"我当年诸多不是,铸成大错!我向你们罗家致上最高的歉意……你,成全了这一家人吧!"

至刚大惊失色。他环视四周,但见满屋老小,一张张哀凄的脸,一对对含泪的眼,每人的眼光都投向自己。顿时间,他感到四面楚歌,腹背受敌。他惊愕地抓住雪珂的肩,激动地说:"雪珂,这是你的意思吗?你的誓言,你的诺言都是虚假!你存心要欺骗我伤害我!如果是这样,你就跟他们走!我不拦你,你心中没有丝毫的惭愧,对我没有丝毫的顾忌,你就跟他们走!"他对高寒、小雨点用力指去。

"雪珂,"高寒急促地开了口,"你不要怕他,你不要受他的威胁,这一刻,你是要我们,还是要罗家,你说吧!你选择吧……"

"娘!娘!"小雨点哭着,拼命扯住雪珂的手臂,往高寒的方向拉去,"我爱你呀!我要你呀!求求你跟我们一起走……"

"雪珂!"王爷再也忍不住,大声地说,"只要你一句话,爹是豁出去了!"

"对!"福晋擦着眼泪,"不要再顾忌爹娘的安全了!爹娘反正已经老了!"

小雨点扑到至刚面前,对至刚跪下就磕头:"我给少爷磕头,求求你把我的娘还给我,为什么一定要我娘做少奶奶呢?二姨太也可以做少奶奶呀……"

"好啊!"罗老太勃然变色,"看样子,我们又中了圈套,你们以为只有你们有人手吗?"她掉头看门外,"老闵!老闵……"

"停止!停止!停止!"雪珂承受不住四面八方逼过来的压力,崩溃地抱住了头,"请你们不要为了我,再大动干戈吧!也请不要逼我再做选择吧!我知道,我是一切痛苦的根源,我带给每一个爱我的人莫大的痛苦,包括我自己的女儿在内!那么,让我把这个痛苦的根源,一刀斩断吧!"说着,她忽然从怀里取出一把预藏的匕首,在众人的惊愕中,双手握住匕首的柄,用力对自己当胸刺下。

"格格!不可以!"阿德从老远飞跃过来,穿过好几个人,落在雪珂面前,急忙去抢匕首。

"雪珂!"高寒惨叫,飞扑上前,双手一托,正好托住雪珂倒下的身子。

高寒和阿德,两人都没有来得及阻止那把匕首,雪珂用力之猛，匕首已整支没入雪珂胸前，血迅速涌出，衣衫尽湿。

"天啊！天啊！"高寒痛喊，"雪珂！你怎么会这样？老天啊！谁来救我！谁来帮我……"高寒伸手想去拔匕首，却不敢碰。

至刚极度震惊地呆住了，只觉得身子摇摇晃晃地站不稳。雪珂竟预藏匕首！这匕首是家传之物，锐利无比，也是当年雪珂断指的那一把！雪珂居然带了它来，那么，她早知今日不能善了，已怀必死之心？至刚瞪视着那血，鲜红的，不断地涌出来……他仿佛又看到当年断指的雪珂，满脸坚决，义无反顾……天啊！这是怎样的女子！

"娘！"小雨点哭得摔倒在地。福晋慌忙抱住小雨点，放声痛哭，不住口地喊："我的雪珂！我的雪珂呀！"

一时间，叫雪珂，叫娘，叫格格……各种呼唤声，此起彼落，房里乱成一团。

雪珂就在一团混乱中睁大了眼，看高寒，再看至刚，她拼命努力着，说："让所有的仇恨，跟着我的生命，一起消失吧！"她转动着头，眼光找到了小雨点，她的唇边浮起一个好温柔、好美丽的微笑，"小雨点，奶奶告诉你，你娘早就死了！你娘……苟且偷安了八年，现在要去找你奶奶……你再无牵挂，和你爹好好过日子吧……"雪珂说完，双眼一闭，头歪倒在高寒手臂里。

"娘！娘！娘……"小雨点惨烈地哀号，倒在福晋怀里,"不要啊!不要不要不要啊……"她哭得晕死过去。

罗老太不能置信地看着这一幕,此时蓦然醒觉,对门外大声喊着:"老闵!老闵!快请医生!"

至刚猛地直跳起来,往门外冲去。

"我去找吴将军,他身边的孟大夫,能起死回生呀!"他转头对高寒大喊,"抱稳她!让她挺住!让她挺住……不许让她死……"他狂奔而去。

王爷眼中,布满泪水,痛不欲生地跌坐椅中。

"孩子啊!"他喃喃地说,"我杀了你了!是我……杀了你呀!"

翡翠扑通跪落在地。

"格格啊!如果你死了,我再也不相信,人世间有天理,有鬼神,有爱……"

雪珂沉睡在一团浓雾里,飘飘荡荡,晃晃悠悠,正飘然远去。她的身子很轻,轻得像一片羽毛,轻得没有丝毫重量,就这样朦朦胧胧地,没有意识地,飘远,飘远,飘远……不知道要飘往何处,也不知道要飘多久。

似乎飘荡了几千几万年,雪珂忽然感到身子一沉,像是从高空笔直坠落,乍然间,全身都碎裂成无数碎片,而每个碎片都带来尖锐的痛楚,使她脱口惊呼了:"啊……"

她以为她喊得好大声,事实上,她的声音细弱如丝。随着这声喊,她的意识有些清晰了,她努力吸了口气,怎么连呼吸都那么难呢？她努力要睁开眼睛，怎么眼睛像铅一样沉重呢？她蹙了蹙眉，努力地、努力地睁开眼。

"她醒了！"一个兴奋的声音低语着。

"她醒了！"另一个声音说。

"她醒了！"

"她醒了！"

"……"

怎么？全世界的人都在自己身边吗？为什么呢？她终于睁开眼睛了，第一眼看到的是小雨点。那孩子眼睛红红肿肿，双手张着，想抱雪珂，却不敢碰雪珂，嘴里稀奇古怪地在说着："娘，你醒了！你不要再睡过去，娘，我好怕！我好怕！我怕你像奶奶一样，睡着就不醒过来，娘，你不要去找奶奶，你有我呀！你有爹呀！你有外公外婆呀……我们大家都爱你呀，求求你不要死！求求你不要死……"

哦！小雨点！哦哦！小雨点！哦哦哦！小雨点！她心爱的、心疼的、舍不得片刻分离的小雨点……她可怜的小雨点呀！雪珂想着，就想伸手去拭那孩子的泪，可是，她的手竟那么无力，她根本抬不起手来……哦！她恍然明白了。她正躺在寒玉楼楼上的房间里，她正在慢慢地"死去"。

第二个映入眼睛的是高寒，不不，不是高寒，是她在大佛寺诚心诚意拜过天地的丈夫——亚蒙。亚蒙看来，是那么憔悴和悲苦！这个男人，她害了他！害他远赴新疆做苦工，害他颠沛流离，害他妻离子散，害他失去老母，害他为情所苦……她转开视线，触目惊心，她居然看到了至刚！他也在！是的，这个男人，她也害了他！给了他那样不幸的婚姻，带给他那么多的侮辱，使一个无忧无虑的少年，骤然坠入痛苦的深井！她害了他！她再看过去，爹、娘似乎骤然老了一百岁，哀凄而无助。再过去，罗老太在掉着眼泪，她哭了！雪珂震动之至，老太太，对不起！把你那平静安详的家园，搅得这样一塌糊涂……但是，一切都将结束了！很快很快，一切都将结束！她再看过去，翡翠、阿德默然肃立，双双拭着眼泪……翡翠，阿德！她心中扫过一丝祈盼：翡翠，阿德。

随着雪珂的注视，满屋子的人都开始振奋了。高寒扑在床边，握紧了雪珂的手，激动地喊："雪珂！如果你听得见我，请抓紧你的意识，不要让它飞掉，不要让它消失！我们已经为你请了最好的医生，医生说……医生说……"

"医生说……你活不了！"至刚忽然插进嘴来，满眼布满了血丝，脸色苍白如纸，他也扑在床边，他的头和高寒的头并排在一起。这大概是这两个男人有生以来第一次，为相同的目标而努力。"雪珂，我告诉你，"至刚强而有力地说着，"孟大夫是治刀伤枪伤的名医，他已经取出了你胸前的匕首,也缝合了你的伤口。但是他说,你的生命正在一点一滴地流失,他尽了力。所以,现在我们无所倚靠,只有倚靠老天帮忙,还有就是你自己!你要求生,不要求死!活着,还有一大片天空,死了就什么都没有了,活着,才能和你朝思暮想的人团聚呀!"

这是至刚说的话吗?雪珂牵动嘴角,真想给他一个鼓励的微笑。至刚,你放我了?你终于愿意放我了?她张开嘴,努力又努力……

"安静!"高寒喊,"她要说话!她要说话!"

"谢谢你,至刚。"雪珂终于吐出了声音,"在我生命的最后一刻,你成全了我。"她微笑起来,慢慢地说了八个字。这八个字也是她这些日子来,柔肠百结、千回万转的思绪:"前夫有情,后夫有义!"

至刚震动地跳了跳,泪水夺眶而出。

"雪珂,"他痛定思痛,悲不自已,"你还肯对我用一个'夫'字,一个'义'字!我不配啊!把你害到这种地步才肯放手,我不配啊!老天!"他用手痛苦地抱住头,"为什么人必须把自己逼到死角,才清醒过来呢!"他再抬眼看雪珂,看高寒,"雪珂,你从来没有属于过我,在你内心深处,始终只有一个丈夫!我醒悟得太晚了!"

"不晚!不晚!"罗老太不停地拭着泪,"雪珂,你要为我们大家的后悔和大家的期盼而活着呀!"

"对啊！"王爷说，他终于和罗老太站在同一立场了，"孩子啊！你要努力活下去！否则，我的错误再也没有挽回的余地了！"

"雪珂啊！"福晋紧搂着小雨点，"你听到我们所有的人，这么强力的呼唤了吗？要活着，要活着呀……"

雪珂太感动了，是啊，要活着。她不想死了！要活着和小雨点团聚，要活着和亚蒙团聚，要活着和爹娘享受天伦之乐……过去生命里失去的，要在未来的日子里弥补，是的，要活着，要活着，要活着，要活着……她周边的声音，全汇为一股大浪：要活着！汹涌澎湃的声音：要活着！天摇地动的呐喊：要活着！

但是，生命力似乎正在抽离她的身体，她又觉得自己往浓雾中隐去，整个身体都轻飘飘了。

"亚蒙！"她低唤。

"我在这儿，我在这儿！"

"拉住我的手！"

高寒紧握住了她的左手。

"小雨点！"她再喊。

"娘！娘！娘！"小雨点痛喊着。

"你……也拉住我……"

小雨点慌忙握住了她的右手。

我的家人！雪珂心中呼唤着，努力维持住尚未飘散的意识。亚蒙和小雨点，他们终于紧紧握住她了！为了这份爱,她曾几次三番不惜牺牲生命来交换!而今,她终于完完全全地拥有了!在这一刹那间,她感到自己的整颗心,都被一种前所未有的幸福感所充实了!生或死都不再重要。她活过,她有过,她爱过……最重要的,她是这样深深地"被爱"着!人生一世,追寻的不就是这个吗?能这样强烈地感觉着"爱"与"被爱",这世界实在太美好了!

雪珂的眼睛慢慢闭上,心里在欢欣地唱着歌,她握住亚蒙和小雨点的手,握得更紧更紧了。

——全书完——

一九九〇年十月十五日完稿于台北可园
一九九〇年十一月五日修正于台北可园

（京权）图字：01-2024-1716

图书在版编目（CIP）数据

雪珂 / 琼瑶著 . -- 北京：作家出版社，2024.10
（琼瑶作品大合集）
ISBN 978-7-5212-2845-8

Ⅰ.①雪… Ⅱ.①琼… Ⅲ.①长篇小说-中国-当代 Ⅳ.①I247.5

中国国家版本馆 CIP 数据核字（2024）第 089043 号

版权所有 © 琼瑶

本书版权经由可人娱乐国际有限公司授权作家出版社出版简体中文版
非经书面同意，不得以任何形式任意重制、转载。

雪　珂

作　　者：	琼　瑶
责任编辑：	杨兵兵
装帧设计：	棱角视觉　纸方程·于文妍
出版发行：	作家出版社有限公司
社　　址：	北京农展馆南里 10 号　邮　编：100125
电话传真：	86-10-65067186（发行中心）
	86-10-65004079（总编室）
E-mail：	zuojia@zuojia.net.cn
http://	www.zuojiachubanshe.com
印　　刷：	河北京平诚乾印刷有限公司
成品尺寸：	142×210
字　　数：	109 千
印　　张：	6
版　　次：	2024 年 10 月第 1 版
印　　次：	2024 年 10 月第 1 次印刷
ISBN	978-7-5212-2845-8
定　　价：	32.00 元

作家版图书，版权所有，侵权必究。
作家版图书，印装错误可随时退换。

品琼瑶经典

忆匆匆那年

琼瑶作品大合集

1963 《窗外》
1964 《幸运草》
1964 《六个梦》
1964 《烟雨蒙蒙》
1964 《菟丝花》
1964 《几度夕阳红》
1965 《潮声》
1965 《船》
1966 《紫贝壳》
1966 《寒烟翠》
1967 《月满西楼》
1967 《翦翦风》
1969 《彩云飞》
1969 《庭院深深》
1970 《星河》
1971 《水灵》
1971 《白狐》
1972 《海鸥飞处》
1973 《心有千千结》
1974 《一帘幽梦》
1974 《浪花》
1974 《碧云天》
1975 《女朋友》
1975 《在水一方》
1976 《秋歌》
1976 《人在天涯》
1976 《我是一片云》
1977 《月朦胧鸟朦胧》
1977 《雁儿在林梢》
1978 《一颗红豆》
1979 《彩霞满天》
1979 《金盏花》
1980 《梦的衣裳》
1980 《聚散两依依》
1981 《却上心头》
1981 《问斜阳》

1981 《燃烧吧！火鸟》
1982 《昨夜之灯》
1982 《匆匆，太匆匆》
1984 《失火的天堂》
1985 《冰儿》
1989 《我的故事》
1990 《雪珂》
1991 《望夫崖》
1992 《青青河边草》
1993 《梅花烙》
1993 《鬼丈夫》
1993 《水云间》
1994 《新月格格》
1994 《烟锁重楼》
1997 《还珠格格第一部1阴错阳差》
1997 《还珠格格第一部2水深火热》
1997 《还珠格格第一部3真相大白》
1997 《苍天有泪1无语问苍天》
1997 《苍天有泪2爱恨千千万》
1997 《苍天有泪3人间有天堂》
1999 《还珠格格第二部1风云再起》
1999 《还珠格格第二部2生死相许》
1999 《还珠格格第二部3悲喜重重》
1999 《还珠格格第二部4浪迹天涯》
1999 《还珠格格第二部5红尘作伴》
2003 《还珠格格第三部天上人间1》
2003 《还珠格格第三部天上人间2》
2003 《还珠格格第三部天上人间3》
2017 《雪花飘落之前——我生命中最后的一课》
2019 《握三下，我爱你——翩然起舞的岁月》
2020 《梅花英雄梦之乱世痴情》
2020 《梅花英雄梦之英雄有泪》
2020 《梅花英雄梦之可歌可泣》
2020 《梅花英雄梦之飞雪之盟》
2020 《梅花英雄梦之生死传奇》